Trois vies chinoises

Du même auteur
aux Éditions J'ai lu

L'ACROBATIE AÉRIENNE DE CONFUCIUS
N° 9490

DAI

SIJIE

Trois vies chinoises

J'AI LU

HO CHI MINH

I

Un soir de septembre 2002, la visite d'un inconnu constitua ce qu'on pourrait appeler un événement solennel, le mot n'est pas trop fort pour les deux habitants du vieux conteneur, qui ne savaient rien prévoir et ne s'attendaient jamais à rien.

Durant sa longue carrière mouvementée, le conteneur le plus vieux de l'île de la Noblesse, sinon de toute la Chine, ne manqua sans doute pas d'occasions de se transformer en marché, au sens strict du terme, soit un lieu où se rencontrent acheteurs et vendeurs de toutes sortes de marchandises : marché de nouilles, marché de carottes, choux, tomates, concombres..., marché de viande, marché de chiens policiers, marché de documents administratifs, marché de cheveux, marché de téléviseurs usagés, marché d'ordinateurs trafiqués... Ce conteneur, qui avait assisté à tant de négociations commerciales, plus rusées les unes que les autres, dont certaines avaient mis en jeu des sommes considérables, ne s'attendait certainement pas à ce visiteur du soir grâce auquel il atteignit son chiffre record, une performance d'une valeur infiniment plus grande que celles qu'il avait enregistrées jusqu'alors.

L'homme arriva vers sept heures du soir, juste avant la tombée de la nuit.

Le neveu de la muette, qui tentait de faire fonctionner une éolienne bricolée, juste assez puissante pour alimenter une ampoule, fut le premier à l'apercevoir. Il interrompit sa tâche et, appuyé sur l'éolienne, regarda le visiteur franchir à pied le pont de pierre, une mallette à la main. L'air était frais. Les feuilles voletaient au vent, la rivière Min se moirait de plis d'or, le chemin était plongé dans une ombre bleue, mouvementée.

Âgé d'une cinquantaine d'années, l'inconnu portait un blouson en daim élimé, ouvert sur son énorme bedaine. La chair lourde et enflée de son menton tremblotait et, quand il gravit la côte, des halètements prirent sa gorge d'assaut et il toussa. Ses cheveux, tondus à ras, accentuaient l'affaissement de son visage et l'importance centrale de sa mâchoire.

Certes, on l'avait informé de ce qu'il allait voir.

Pourtant, il ne s'était pas préparé au spectacle qu'il découvrit.

« Tu ne serais pas par hasard... ? » Il ne put achever sa phrase, tant il avait le souffle coupé par le choc.

« C'est bien moi », répondit le neveu, croyant qu'il le questionnait sur sa parenté avec la muette.

« Je suis monsieur le directeur. Je dirige la cantine de la prison. Je connais bien ta tante. »

Pour dissimuler son embarras, il détourna le regard et éclata d'un rire tellement sonore que les moineaux perchés sur le toit s'envolèrent.

En effet, la muette le connaissait. Il était un de ceux, ni amis ni étrangers, avec lesquels elle entretenait de vagues relations, c'est-à-dire un client de tofu, mais un gros client, qui dirigeait une cantine de cinq cents consommateurs.

La muette cumulait des fonctions multiples : la patronne, c'était elle, la comptable, c'était elle, l'acheteuse des graines de soja et autres ingrédients nécessaires à la fabrication, c'était elle, l'ouvrière de l'entreprise, encore elle. Son tofu était unique et son originalité consistait dans l'ajout de légumes finement découpés, soigneusement frits. La peau en était si tendre qu'elle fondait dans la bouche. Et, pour finir, la vendeuse, c'était elle aussi. Jamais elle n'eût laissé à un autre le plaisir de le commercialiser, de compter les sous de chaque morceau vendu. Pourtant, la question de la concurrence se posait, et elle était rude. Comment une muette pouvait-elle lutter contre des rivaux à la voix puissante, qui appelaient les clients comme on chante une chanson d'amour ? Son arme à elle, c'était un tambour. À chaque carrefour du centre de l'île, devant chaque pâté de maisons, chaque bâtiment public qui avait une cantine, elle arrêtait son cyclo-pousse chargé de tofu et battait du tambour, grâce à quoi elle présentait, par des changements de rythme et d'intensité de frappe, ses divers produits.

Son tofu était si populaire dans l'île que chacun comprenait sans grand effort, uniquement par les roulements de son tambour, quels étaient les produits du jour : tofu rouge au poisson et à la tomate, tofu vert aux épinards, tofu jaune, orange ou noir, selon les légumes.

À en croire la rumeur, l'un des plus grands amateurs de son tofu, ex-président du gouvernement régional, ex-secrétaire du Comité du Parti de l'île, récemment incarcéré, frappait comme elle sur un tambour, dans sa cellule, pour indiquer à son meilleur ami, le directeur de la cantine de la prison, quel menu serait à son goût.

La muette en était étonnée, mais non pas flattée. Au contraire. Et ce soir-là, elle sembla même alarmée, tant par l'imprévisibilité que par la discrétion de l'arrivée de son visiteur, qui n'était accompagné d'aucun subalterne ou assistant et débarquait, non pas dans son Audi 4 flambant neuve, que toute l'île connaissait, mais à pied, haletant, habillé comme un ouvrier, avec à la main une mallette de commis voyageur.

L'air méfiant, elle gesticula.

Son neveu traduisit :

« Elle demande pourquoi votre voix a changé, et si vous avez mal aux gencives. »

Le directeur : « Qu'elle laisse mes gencives tranquilles. »

Le neveu : « Elle trouve vos lèvres plus minces qu'avant, et dit qu'elles bougent à peine quand vous parlez. Elle croyait que vous mâchiez quelque chose. »

Le directeur : « J'irai droit au but. Le motif de ma visite, ce n'est ni elle, ni son tofu, mais toi. »

(Pour la première fois, ses yeux fatigués aux paupières tombantes fixèrent le neveu.)

Le directeur : « On me l'a dit, mais ça m'est complètement sorti de la tête. Comment tu t'appelles ? »

Le neveu : « Je ne sais pas... faut demander à l'école... à l'institutrice... il y a longtemps... »

(Soudain, son bredouillement devint si fatigant pour le directeur qu'il grimaça, comme pour achever les phrases dans lesquelles le gamin s'empêtrait, peut-être à plaisir.)

Le directeur : « J'ai compris, personne ne t'a jamais appelé par ton nom, sauf à l'école. Et depuis longtemps l'école, c'est fini pour toi, c'est ça ? »

Le neveu : « Oui... ils avaient peur. »

Le directeur : « Je sais. L'école n'a plus voulu de toi parce que les parents des autres ont protesté contre ta présence. »

Le neveu : « Oui, c'est presque ça... mais c'est pas grave, je n'aime pas l'école. »

Le directeur : « J'ai une idée. Je vais te donner un nom : à partir de maintenant, tu t'appelles Ho Chi Minh ! »

(De nouveau, il éclata de rire. Un rire interminable, si sonore qu'il s'en fallut de peu qu'il ne tombât par terre. Se tenant les côtes, il s'appuya contre le triporteur de la muette, garé devant le conteneur. Plus il voyait l'enfant déconcerté par son rire, plus il riait, en lui donnant de lourdes claques sur les épaules.)

Le directeur : « Dis-moi, mon cher Ho Chi Minh, est-ce que ta tante t'a appris à battre du tambour ? »

Le neveu (il ne bredouillait plus) : « C'était pas la peine. »

Le directeur : « Tu as appris tout seul ? »

Le neveu : « J'ai pas eu besoin d'apprendre pour savoir, j'aime ça. »

Le directeur : « Vas-y, montre-moi. »

Le visage ridé se transfigura, les paupières flétries s'ouvrirent sur un regard animé d'une lumière vive. Le garçon alla chercher l'instrument dans le conteneur et le directeur en profita pour ouvrir sa mallette sous les yeux de la muette : elle était pleine de billets de cent yuans qui scintillaient sous la lampe, alimentée par l'éolienne.

Par des gestes simples, il lui fit comprendre qu'ils seraient pour elle si elle le laissait emmener son neveu.

Elle ne céda pas tout de suite. Elle voulut d'abord savoir s'il voulait l'engager dans un cirque, mais il ne comprit pas ses gestes et se contenta de hausser les épaules.

Elle brandit l'index et le majeur.

Ce geste-là, il le comprit.

« Garce ! cria-t-il. Comment oses-tu me réclamer le double avant d'avoir compté combien il y en a ? »

Furieux, il referma la mallette, se leva et partit.

Un sourire au coin des lèvres, la muette reconnut dans son attitude une astuce commerciale aussi vieille que le monde.

Lorsque le neveu, objet de la transaction, revint avec le tambour, l'acheteur commençait déjà à descendre la côte.

« Dis à ton idiote de tante, cria-t-il, qu'elle n'a qu'à te garder dans son conteneur pourri, mais qu'elle sache qu'un malade de la progéria n'a jamais dépassé treize ans, et toi, cette année, tu en as douze. »

Le gamin voulut traduire cette phrase à sa tante, mais il chercha vainement un geste pour désigner la progéria, cette maladie génétique qui se manifeste par le vieillissement prématuré du corps. Longtemps, l'écho des cris du directeur de la cantine pénitentiaire résonna dans les branches, mêlé au vent qui froissait les feuilles.

L'hésitation du gamin à traduire cette dernière phrase empêcha sa tante de conclure l'affaire le soir même, car, quand elle décida de modifier sa stratégie et voulut que son neveu rappelât l'acheteur, il était trop tard.

Pour ce dernier, la scène s'était déroulée trop vite ; il avait eu tort de se laisser emporter et sa comédie, qu'il n'avait pas assez finement jouée, avait échoué. Considérez un bien à vendre, un acheteur et une vendeuse muette : conformément aux règles du jeu, si la vendeuse fait comprendre, par des gestes ou la traduction de son interprète attitré, qu'elle n'a pas envie de le vendre, l'acheteur doit être plus malin et jouer la montre en faisant croire, par l'intermédiaire du même interprète, qu'il n'est pas pressé d'acheter, et que le bien – en l'occurrence, l'interprète lui-même – perdra, de jour en jour, de sa valeur marchande. Un double mensonge est donc nécessaire, et l'on n'a encore rien trouvé de mieux – et on ne trouva jamais – pour fixer un prix.

II

L'enfant était fort chauve, malgré sa casquette militaire, qui dissimulait mal les taches sombres sur son crâne. Elles étaient énormes, pour ne pas dire spectaculaires, gagnaient du terrain sur son front anguleux, couraient d'une tempe à l'autre et envahissaient ses oreilles aux lobes déformés, veinés de rouge. Des taches d'un noir sec, profond, violettes par endroits, semblables aux vestiges d'une éruption volcanique.

Il était fort ridé : deux véritables ravins étaient creusés de part et d'autre de sa bouche, les commissures de ses lèvres s'abaissaient et se tordaient ; deux tranchées ombreuses labouraient les ailes de son nez, un réseau de pattes-d'oie était tissé à chaque coin de ses paupières. Le moindre froncement de ses sourcils (ils étaient aussi blancs que le toupet de ses cheveux, à l'arrière de son crâne) couvrait son front de sillons profonds, d'arcs de doubles rides. On eût dit que toutes les sortes de plis s'y donnaient rendez-vous.

Sa carcasse était fort frêle. Il mesurait un mètre soixante-dix, pour à peine cinquante kilos. Quand il s'amusait à marcher à quatre pattes, fronçant la bouche, reniflant, crachant, pour admirer la forme de ses mains et de ses pieds, imprimée sur le sable, il semblait fasciné par la légèreté de son propre corps, qui effleurait à peine le sol. Pourtant, lorsqu'il s'arrêtait sur le seuil de sa maison pour s'y asseoir, pelotonné, le menton sur les genoux, on eût dit un vieux singe à l'agonie.

Maison n'est pas le terme exact pour désigner l'endroit où il habitait : un caisson de fer, précisément un conteneur abandonné sur le sol, au sommet d'une longue côte, par-delà le pont de pierre qui enjambait la rivière Min.

Si l'île de la Noblesse était le lieu où se rencontrait le plus grand nombre de modules, l'île qui générait les flux les plus importants de déchets électroniques, dont la plupart, pour ne pas dire tous, arrivaient conteneurisés, ce conteneur-là était sans doute l'un des plus anciens. Sa peinture d'origine, vert sombre, avait tant pâli qu'elle était méconnaissable ; elle s'était peu à peu crevassée, jaunie, écaillée, et désormais le fer, mangé de rouille, filtrait partout. Malgré son état déplorable, on pouvait encore y lire l'inscription d'une date et d'un lieu de fabrication : 1983, Tianjing, ainsi que les noms de ses loueurs successifs, qui témoignaient de moments de gloire et de décadence, de rires et de pleurs : restaurant de nouilles, chenil de chiens policiers, échoppe de coiffeur, abri de la milice, poste de sécurité régionale, centre de détention pour délinquants (chambre d'asphyxie, à en croire les mots gravés sur la paroi par les ongles des prisonniers), stock de marchandises... À l'intérieur, des traces noires de feu, des bossellements, des gouttes d'étain fondu incrustées au sol, scintillantes, et, par-dessus tout, une odeur particulière, plus vague qu'un spectre, mais facile à identifier, celle du plastique brûlé, qui attestait de sa longue carrière dans le recyclage des déchets électroniques.

Loué cent yuans par mois à un vendeur de loto sportif, ce module disposait de deux fenêtres sur une de ses façades. À droite, une porte, surmontée d'une enseigne, « Tofu de la Muette », au bout d'une tringle en fer, que le vent balançait les nuits d'hiver et qui, vaincue par la rouille, avait fini par se taire, comme sa patronne, nul ne savait depuis quand.

Sur l'île, la plupart des conteneurs de dix, vingt ou quarante pieds avaient une double porte, fermée par un antivol de vélo, mais la porte de celui-ci était étroite, modeste, discrète, à la fois porte d'habitation précaire et entrée de local professionnel, derrière laquelle, à côté d'un moulin à main et des quelques outils indispensables à la fabrication du tofu, le patrimoine se composait d'une table de cuisine, faite d'une caisse en bois qui avait jadis emballé des marchandises, de deux tabourets bas en plastique, d'un tambour, d'un poêle à charbon et de deux lits, dont celui du fond, plus digne de ce nom, en vrai bois et plus large que l'autre, était celui de la muette. Le second, entre les deux fenêtres, un grabat étroit, en planches de bois compressé, était celui de son neveu chauve, les sourcils blancs, fripé comme un centenaire.

Les fenêtres, la plupart du temps ouvertes pour aérer, permettaient au neveu de la muette de jouer au conducteur de train, avec une jovialité qui confinait à la jubilation : il passait dehors son torse frêle et nu, protégeait ses yeux d'une main, agitait de l'autre sa casquette militaire, poussait des cris, imitait le claquement des portières des wagons, sifflait longuement, mimait les gestes du mécanicien qui ouvre un régulateur, reproduisait le bruit du train qui démarre et les sifflements de la locomotive. Parfois lui prenait l'envie de descendre du train en marche, avant d'arriver à la station suivante. Il ouvrait les fenêtres en grand, montait sur le rebord, s'y perchait comme un oiseau, puis, changeant d'idée, agrippait une vis minuscule et, avec ce seul point d'appui, par une sorte d'acrobatie dont lui seul connaissait le secret, il montait sur le toit, se redressait, faisait semblant de vaciller, se rattrapait, reprenait son équilibre, sautait en l'air en donnant des coups de pied à la Bruce Lee contre des agresseurs invisibles… Son train filait, rejetant derrière lui les cheminées, les maisons, les rizières, toutes ces choses ordinaires, et lui, comme s'il avait soif ou courait à la pensée pure, il poussait des hennissements (ce qui signifiait qu'il traversait une steppe), des aboiements de loups (il gravissait une montagne), imitait le bruit des Klaxon de voiture (il pénétrait dans une ville)... Il contrefaisait même les bruits du fleuve, qui fronçait ses eaux aux arches de tant de ponts, à la pointe de tant d'îles...

De ces voyages, qui n'étaient jamais assez longs pour lui, son préféré était l'excursion nocturne, au cours de laquelle il allait toujours de l'avant, sans songer au retour. Mais sa passagère muette y pensait généralement pour lui et le rappelait à l'ordre à coups de poing ou de manche à balai sur le toit. Durant toutes ces années, il avait été pris au piège deux fois seulement : elle avait refermé les fenêtres avant qu'il ne fût descendu du toit. Étant donné l'accueil qu'elle lui avait ensuite réservé, il faisait tout pour éviter de réitérer une troisième fois ; ce fut pourtant inévitable. Sa vigilance fut mise en défaut par une tempête de neige : sa tante ferma les fenêtres avant qu'il eût terminé son bonhomme de neige sur le toit. Il passa la nuit dehors et quand il se réveilla, le lendemain matin, il était enseveli sous la neige.

III

Le lendemain matin, un assistant du directeur se présenta au conteneur du « Tofu de la Muette » avec deux mallettes de billets et repartit, un quart d'heure plus tard, avec le garçon.

La dernière question de la tante fut : « Pourquoi lui ? »

La réponse était que, parmi tous les gamins de l'île atteints de progéria, il était le seul à ne pas avoir la tête dilatée et bulbeuse.

Au jour de sa retraite définitive, avant de rendre l'âme, le vieux conteneur rougira encore, avec raison, de l'échange qui eut lieu devant sa porte.

Quand l'enfant entra, l'odeur était insidieuse, mélange de caisses pourries, de machines rouillées, de murs de briques moites, de crasse poisseuse qui couvrait les colonnes de fonte, de soufre mouillé et de fuel.

Dans ce vaste entrepôt désaffecté, noir de suie, à peine éclairé par de hautes fenêtres poussiéreuses, parmi d'autres marchandises, celle que le directeur de la cantine de la prison municipale venait d'acheter, le neveu de la muette, était allongée sur un lit de fortune, fait de trois madriers de pin.

L'acheteur était absent. Le portail central par lequel, autrefois, les véhicules entraient pour effectuer chargements ou déchargements était condamné depuis longtemps, et la petite porte latérale, pratiquée dans ce grand portail, était fermée par un gros cadenas, de telle façon qu'un moineau n'eût pu s'en échapper. Et, comme si ces précautions n'avaient pas été suffisantes, un maton en retraite, un cure-dents entre les lèvres, exerçait jour et nuit une stricte surveillance, dans un bureau, près de la porte, d'où il avait vue sur tout l'intérieur et pouvait entendre les moindres mouvements du gamin.

Celui-ci était d'humeur enjouée. En fredonnant, il s'amusait dans un coin de l'entrepôt transformé en mare à cause des fissures du toit, par où dégouttait la pluie. Des madriers y étaient posés, et il sautait de l'un à l'autre, émerveillé par l'écho assourdi de ses pas. Il prenait un plaisir certain à jouer dans ces flaques, qui avaient assez d'eau pour laisser flotter les poutres. Il était si léger que, quand il sautait dessus, les blocs de bois faisaient un petit floc à peine perceptible.

Il ne savait pas où se trouvait exactement l'entrepôt, mais il ne lui semblait pas très loin du centre de l'île, car de temps à autre il percevait les roulements du tambour de sa tante, qui lui rappelaient la question apparemment anodine du directeur lors de sa visite : « Sais-tu jouer du tambour ? », phrase en laquelle il concentrait tous ses espoirs.

Il tremblait de joie à la perspective de franchir le seuil d'un cirque prestigieux, dont les moyens financiers étaient si considérables qu'ils lui permettaient même de s'offrir l'entremise d'un directeur de cantine de prison.

Car, comme sa tante, il savait bien que dans ce monde, à part un cirque, nul ne pouvait s'intéresser à lui.

Voilà pourquoi, pour aussi sinistrement carcéral qu'il pût être, l'entrepôt, avec ses fines colonnes de fonte, dont le fût portait une couronne évasée, lui évoquait un chapiteau ; ses hautes fenêtres latérales, pourtant bien poussiéreuses, lui semblaient aussi lumineuses et réfringentes que celles de la cathédrale gothique de Chengdu, à mille kilomètres de son île, dans laquelle sa mère avait prié un jour avec lui, attaché sur son dos, âgé de trois ans, et déjà malade de la progéria.

Trois jours après son arrivée à l'entrepôt, un matin, après le petit déjeuner, le directeur de la cantine pénitentiaire fit une brève apparition.

Mais il ne lui adressa pas la moindre parole, pas même un regard.

(Rien d'étonnant. De lui, quinquagénaire à l'énorme bedaine, du maton en retraite et du gamin de douze ans, c'était ce dernier qui paraissait incontestablement le plus vieux, et ce décalage le mettait mal à l'aise, le privait de la force de le regarder en face, le tétanisait, pis, lui donnait envie de s'enfuir.)

« Je veux que tu lui apprennes à porter ça », dit-il au gardien.

Le vieux toucha le paquet du bout des doigts.

« Il doit le porter tout le temps ?

— Pas nécessairement, répondit le directeur après une courte réflexion. Deux heures par jour, ça fera l'affaire. »

La petite porte, pratiquée dans le portail, s'ouvrit puis se referma derrière le directeur. Sa voiture démarra et le silence régna de nouveau dans le vaste entrepôt.

Assis à son bureau, le gardien régla son réveil afin d'exécuter l'ordre de son chef au mot près, sans une minute de plus ou de moins.

Il appela son pensionnaire par son surnom : « le neveu ».

Le garçon entra dans le bureau, une lueur d'excitation dans les yeux.

« Il s'agit d'un entraînement de routine, dit le gardien. Sais-tu la première chose qu'on doit faire, quand on entre en prison ?

— Non.

— S'accroupir devant le maton. Vas-y, fais-le ! Fais ce que je te dis ! »

Criant soudain comme un fou, il se leva et tourna autour de son prisonnier pour vérifier sa position.

« Maintenant, lève les mains en l'air. »

Le gamin suivit ses instructions, et avant qu'il comprît ce qui se passait, le gardien sortit une paire de menottes du paquet donné par le directeur et, dans un déclic, les referma sur ses poignets. L'enfant hurla de douleur quand les dents de scie des menottes s'enfoncèrent dans sa chair, mais il était heureux, car le mot « entraînement », qui, comme un lien mystérieux, le rattachait déjà aux activités palpitantes du cirque, lui faisait du bien.

La sonnerie du réveil interrompit la séance. Il lui fallut de la patience pour attendre celle du lendemain. La nuit fut longue, il entendait des rats – ils étaient nombreux dans l'entrepôt – courir, se rejoindre, se rassembler en petits groupes, s'approcher de lui pour le saluer. Quelques-uns de ces trotte-menu le félicitèrent, d'autres s'amusèrent à prendre d'assaut son oreiller pour le taquiner. Une longue queue tiède fouetta son nez. Lui, il leur montrait avec fierté les égratignures de son poignet gauche et, sur le droit, la morsure laissée par les dents des menottes. Plus les menottes lui avaient fait mal, plus il se les était appropriées, persuadé que son corps, qu'il avait longtemps ressenti comme une marque d'infamie, se justifiait enfin, se transformait en matériel de cirque, en moyen d'expression artistique. Les menottes, de vraies menottes de prison, aux bords bosselés, rouillées par endroits, étaient ses nouvelles amies intimes ; il les voyait briller dans la pénombre, flotter devant lui, aussi prometteuses que l'étoile du matin au-dessus de l'horizon.

Trois jours plus tard, sa bonne adaptation aux menottes lui permit d'accéder à la deuxième étape de l'entraînement programmé par le directeur de la cantine, et il essaya un nouvel accessoire, qui, cette fois, ne se contenta pas de laisser des égratignures, mais des meurtrissures rouges – qui ne tardèrent pas à gonfler, pleines de sang et de pus – autour de ses chevilles maigrichonnes, anguleuses, d'homme de soixante-dix ans.

Il s'agissait d'un entraînement plus sérieux : « Dans ma longue carrière carcérale, lui dit le vieux maton, je n'ai vu que des condamnés à mort en porter. »

C'était une chaîne en fer.

Elle pesait si lourd qu'à chaque pas toute la charpente de l'entrepôt tremblait, et il fallait de longues secondes pour que son écho disparût. Le poids de la chaîne obligea le gardien, afin que l'entraînement pût se faire plus aisément, à installer une barre le long du mur, comme dans une école de danse.

Aux yeux du torturé, ce dispositif transformait incontestablement son supplice en un exercice de cirque, un apprentissage artistique. Il se tenait à la barre, les muscles contractés, en sueur, et, bien appuyé, la tête baissée à hauteur de la main, il avançait pouce à pouce, pas à pas. Chaque centimètre de la barre, sur laquelle il portait la main, s'irisait : elle se revêtait de toutes les beautés, se parait de tous ses désirs, pour ne pas dire de tout son amour.

Trois fois par jour, le neveu de la muette et son gardien prenaient un maigre repas, livré par un colporteur, la plupart du temps sans qu'un mot fût échangé entre eux. Mais un midi, comme ils mangeaient du tofu frit aux épinards, le garçon y reconnut un goût familier. Celui du tofu de sa tante, qu'il avait presque oublié.

« Ça ne vous ennuierait pas de me donner votre tofu ? J'ai si faim. Vous aurez mon plat du soir. »

Mais le gardien était un vieux malin : « Pas question. Ce soir on a du chou maigre, sans autre accompagnement.

— D'accord. »

Le garçon ne voulut pas négocier et se contenta de sa part. Soudain, une idée lui vint à l'esprit :

« Vous connaissez mon nom : Ho Chi Minh. Vous ne sauriez pas sa signification, par hasard ? »

Le gardien se tourna vers lui et le regarda comme si, en plus d'avoir la tête d'un vieux, il avait aussi l'esprit fêlé.

« À quoi tu joues ? Toi, tu t'appelles Ho Chi Minh ? Tu te fous vraiment de ma gueule !

— Non, ça m'intéresse de savoir. »

Le gardien ne répondit pas. La discussion était close.

Il fallut seulement une dizaine de jours au garçon pour triompher de la deuxième épreuve, celle de la chaîne de fer, et dans sa tête, ce succès lui permettait sans doute d'entrer dans un cirque. C'était compter sans la complexité de son acheteur.

De nouveau, le directeur de la cantine fit une brève apparition, pour apporter cette fois un magnétophone et une cassette.

Comme d'habitude, il avait du mal à regarder le garçon en face.

« Écoute ça », dit-il en appuyant sur un bouton.

La voix d'un homme résonna dans l'entrepôt : « Matricule de détention : 9413. »

Le directeur arrêta le magnétophone.

« Répète, ordonna-t-il.

— Matricule de détention..., marmonna le gamin, sans parvenir à se rappeler les quatre chiffres.

— Fais un effort, dit le directeur, qui se voulait pédagogue. Tâche de comprendre l'importance du matricule, parce que, en prison, on n'est rien d'autre qu'un numéro. Dis-le dix fois. Vas-y : 9413 ! »

Le cri explosa à ses oreilles, tel un coup de tonnerre à ras du sol.

Tremblant d'effroi, le gamin essaya de s'exécuter, mais les chiffres, qu'il avait pourtant entendus maintes fois dans son enfance, lui étaient toujours passés au-dessus de la tête. Pour lui, c'était un langage mort. De plus, il n'arrivait pas à se concentrer, car les cris du directeur lui rappelaient son rire théâtral, qui avait fait fuir les moineaux perchés sur le toit du conteneur lors de leur première rencontre. Il se demandait où étaient ces oiseaux, où ils allaient passer l'hiver qui approchait, s'ils resteraient sur l'île, sans bois ni forêt, ou chercheraient refuge ailleurs. Il pensa aussi aux rats de l'entrepôt, se demandant si leurs enfants, qui passaient leurs nuits à grignoter les déchets électroniques, les plastiques, les circuits fermés... étaient comme lui atteints de progéria. Rien ne résistait aux dents de la grande armée des trotte-menu. Un jour, de l'entrepôt, il ne resterait qu'une poignée de poudre.

Ainsi déconcentré, il se trompa encore sur les chiffres.

« Comment tu l'appelles, ce gosse ? demanda le directeur au gardien.

— Le neveu, pour simplifier les choses.

— À partir de maintenant, tu l'appelleras seulement par ce numéro : 9413.

— Compris, chef.

— Je veux que tu lui fasses écouter cette cassette, autant de fois qu'il le faudra, jusqu'à ce qu'il connaisse par cœur la vie de 9413 dans les moindres détails : lieu et date de naissance, date de mariage, d'entrée au Parti, fonctions auxquelles il a été nommé, jusqu'à celles de président de région et de secrétaire général du Parti de l'île de la Noblesse, et enfin inculpations sous lesquelles il a été arrêté et jugé : corruption, faux et usage de faux, abus de biens sociaux, financement d'assassinat, détournement de fonds publics, exactement 136 711 884 yuans, ce qui lui a valu la peine capitale. En un mot, je veux qu'il se dise que 9413, c'est lui. »

Les yeux du gamin brillaient, tandis qu'il caressait les touches du magnétophone.

« C'est un personnage du prochain spectacle du cirque ? », lui demanda-t-il.

Pour toute réponse, le directeur rembobina la cassette et appuya sur le bouton de marche. La voix retentit de nouveau : « Matricule de détention : 9413. »

IV

Le gamin, ravi d'accomplir cette nouvelle tâche, faisait du matin au soir les cent pas dans l'entrepôt, en récitant le contenu de la cassette. Tantôt il se rappelait un détail ou une date du curriculum du président de la région, il réécoutait le chiffre colossal de ses détournements de fonds, vérifiait à quelle fête il avait participé, la liste des cadeaux qu'il avait reçus, son réseau d'amis, les noms de ses complices… Il trouvait bizarre qu'on lui confiât un tel rôle car, d'après ses calculs, le détenu 9413 avait franchi le seuil des soixante-dix ans, et lui en avait douze. Mais il ne pipait mot à ce sujet, par peur de se montrer ignorant en matière de cirque comique, et surtout par peur de perdre le rôle.

« Je saurai jouer le personnage. »

Cette confiance en lui fut la découverte la plus importante de sa vie, il se sentait capable de jouer, de se mettre dans la peau d'un autre, six fois (« c'est vrai, et c'est ça que je veux faire le mieux ») plus âgé que lui.

Il croyait posséder un don, un trésor… Il pouvait jouer n'importe qui, même un prisonnier.

Infatigable, il l'était. Quand il connut par cœur la vie de son personnage, il chercha à réciter d'autres choses que son gardien lui avait apprises, par exemple les premières phrases que les prisonniers étaient obligés de crier à haute voix, à six heures et demie du matin.

« Bonjour, monsieur le Gardien. Bonjour, la Direction pénitentiaire. Je jure d'obéir aux règles de la prison, de m'efforcer de changer ma pensée, de devenir un homme nouveau. »

Ou bien des formules de la vie courante que lui avait enseignées l'ancien maton, comme la « demande de soins médicaux » :

« Respecté Docteur, je suis le détenu 9413, inculpé pour plusieurs crimes et pour corruption. Je suis originaire du district de Pin Yao, province du Shanxi. Âgé de soixante et onze ans, de sexe masculin, j'ai depuis peu des problèmes intestinaux et suis incapable d'aller à la selle. Je sollicite vos soins. Je vous remercie infiniment. »

Avec un certain respect du réalisme, le gardien se paya le plaisir d'initier le gamin à une visite médicale. Il prit un grand morceau de plastique dans l'entassement des déchets électroniques, en guise de porte de cellule, dans laquelle il perça une ouverture avec un couteau de cuisine. Chacun se mit d'un côté de la porte. Le « vieux prisonnier » 9413 glissa par la fente sa demande de soins médicaux, le gardien la prit et la jeta, sans la lire.

« 9413 ! cria-t-il. Visite du docteur. »

Le gamin se rapprocha de la porte, tendit une main par l'ouverture, et le gardien y déposa un comprimé d'aspirine.

« Ouvre le bec et avale ça, espèce d'ordure, ordonna-t-il, fourre-le dans ta gueule de chien. »

La capsule prise, le gamin dut ouvrir grande la bouche, pour que, à travers la fente, les yeux perspicaces du « docteur » scrutassent le fond de sa gorge et vérifiassent que le médicament avait disparu.

Ces saynètes leur plaisaient beaucoup et leur firent connaître des moments savoureux, pour ne pas dire sublimes, surtout quand ils jouaient au « condamné à mort ».

En fait, sur l'île de la Noblesse, il y avait deux prisons. La première était un centre pénitentiaire où les prisonniers déjà jugés purgeaient leur peine, en travaillant dix ou douze heures par jour dans des ateliers de recyclage. Dans la seconde, qui s'appelait « Maison d'arrêt régionale », les détenus attendaient leur procès en cousant des paillettes sur des tissus destinés à la haute couture occidentale. Chaque condamné à mort, la veille de son exécution, était emmené de la première à la seconde, pour y passer sa dernière nuit.

Par chance pour le neveu de la muette, son gardien, qui avait longtemps travaillé dans la Maison d'arrêt, fut une mine de renseignements, ce qui lui permit de jouer à la perfection une scène d'exécution capitale.

À cause de l'espace limité de leur décor, les cent cinquante kilomètres qui séparaient les deux prisons furent réduits à un trajet de quinze mètres, entre le lit du garçon et le bureau, jusqu'auquel le gardien, vêtu d'un uniforme de policier sans épaulettes et d'une casquette à la visière toute craquelée, escorta le matricule 9413, menotté et enchaîné.

Ce dernier – il importe de le souligner – ne savait pas ce qui l'attendait, comme c'est en général le cas pour un vrai condamné à mort.

Dans le bureau, le gardien se transforma symboliquement en magistrat, en collant un bout de carton rouge en guise d'emblème de la Chine au milieu de sa casquette. Il lut solennellement la décision de la Haute Cour, qui rejetait l'appel du détenu 9413, et dont les derniers mots, « exécution immédiate », résonnèrent dans l'immense entrepôt désert.

Puis il ôta sa casquette et, se présentant comme un fonctionnaire du parquet, il interrogea son prisonnier : matricule de détention, nom, prénom, date et lieu de naissance, état civil, nom et prénom de son épouse, de ses enfants, de leurs conjoints respectifs, de ses petits-enfants... Après quoi il proclama, en mandarin, la fin de la vérification d'identité.

Remettant alors sa casquette de magistrat, il posa une question, d'une voix neutre, basse, privée d'intonation, une voix curieuse.

« Quel est votre dernier souhait ? »

Bien que presque illettré, le gamin sentit, dans la manière de son interrogateur, que la question amorçait un voyage vers l'au-delà, et que le compte à rebours commençait. Une émotion, inconnue jusqu'alors, parcourut son échine. Il lui fut impossible de prononcer un mot pour exprimer ses dernières volontés.

« Par exemple, ajouta le gardien-magistrat, vous pouvez écrire votre testament, une lettre à vos proches. Votre avocat les a avertis de la décision de la Haute Cour et ils sont autorisés à récupérer votre corps, demain matin, à partir de neuf heures, sur le terrain d'exécution. »

Soudain, le garçon réalisa que s'il était vraiment le matricule 9413, il n'aurait personne à prévenir, pas même sa tante, qui s'était débarrassée de lui en le vendant à bon prix. Que personne ne viendrait réclamer son corps. Sa mère était morte depuis longtemps. Son père, il ne l'avait jamais connu.

Il y eut un long moment de silence.

« J'attends que vous m'informiez de votre dernier souhait.

— Je voudrais manger du tofu de la muette. »

Vœu fatal, que n'oublia pas le gardien.

Sur ordre du directeur de la cantine, quelques jours après son initiation au déroulement d'une exécution capitale, le gamin, la tête rasée, partit jouer son « spectacle ». Pour son repas d'adieu, le gardien fit acheter du tofu à la muette, qui continuait d'en vendre au centre de l'île, et le regarda s'en régaler. Longtemps, on n'entendit, dans l'entrepôt, que des bruits puissants d'ingurgitation. Puis le gardien s'anima.

« Bon, fit-il, c'était quoi, la question que tu m'as posée l'autre jour ? »

Sa voix fit sursauter le gamin. Il ne s'en souvenait pas.

« Repose-moi la question.

— La question...

— Demande-moi qui est Ho Chi Minh.

— Qui est Ho Chi Minh ? »

Il continua à se régaler de tofu aux légumes, délicatement frit, à la peau fine, tendre et croquante, tandis que le gardien lui expliquait :

« Ho Chi Minh, c'est le nom d'un ancien président du Vietnam. Je vais te raconter son histoire. Au début, quand il était jeune, il ne s'appelait pas Ho Chi Minh, il portait un nom vietnamien. C'était un révolutionnaire, qui réclamait l'indépendance de son pays et était considéré par la police française comme un terroriste dangereux. De temps à autre, il franchissait la frontière et se cachait dans les montagnes chinoises. Un jour, il s'est fait arrêter par l'armée du Guomintang, qui, à la demande des Français, l'a condamné à mort. Mais, la veille de son exécution, le Parti communiste chinois a envoyé quelqu'un le remplacer dans sa cellule. Ho Chi Minh, c'était le nom du Chinois qui a été fusillé à sa place. C'est en souvenir de lui qu'il a changé de nom et s'est fait appeler Ho Chi Minh. »

V

Quelques heures après ce repas d'adieu, dans des latrines de montagne, sans chasse d'eau ni cuvette, accroupi au-dessus d'un trou de vingt centimètres creusé au milieu de planches de bois, le faux 9413, les genoux pointés vers le ciel, tendait l'oreille. Après plusieurs culbutes, ses excréments s'évanouirent au fond de la falaise, sans bruit, sans le moindre écho, comme par magie.

« Oh, dit-il, le tofu de la muette s'est envolé. »

Du cabinet voisin montèrent des réprimandes. C'était la voix basse du directeur de la cantine.

« Tais-toi, idiot. Tu as oublié qu'on est dans la Maison d'arrêt ? Interdiction absolue de parler. »

Sa panique n'avait rien d'exagéré. Tous les deux se cachaient dans les latrines des femmes, composées de dix cabinets alignés sur deux rangées, séparées de celles des hommes par une cloison de deux mètres.

Après sept heures du soir, elles étaient exclusivement réservées au personnel de la

Maison d'arrêt. Pour cette raison, sans doute, elles étaient plus correctes, plus propres, mieux tenues. Sur les murs il n'y avait pas la moindre injure, mais des slogans tels que : « Lorsque les fusils que nous tenons en main se rouillent, il n'est pas difficile de les polir et de les faire reluire, mais lorsque notre équipement mental et moral se rouille, ce n'est pas si facile de le fourbir. » Des balais bien rangés étaient accrochés à des clous. L'ombre d'un arbre, à travers la haute fenêtre grillagée, se dessinait sur la partie claire du mur ; dans chaque cabinet, des feuilles de papier toilette étaient posées dans des bols en porcelaine blanche.

Sa défécation achevée, le gamin s'essuya le derrière, mais le vent soufflait si fort sous ses pieds qu'il lui renvoya la feuille de papier souillée qu'il venait de jeter dans le vide.

Il s'en fallut de peu qu'il n'éclatât de rire. Mais, craignant la colère du directeur, il se tut. D'un geste habile, il rattrapa la feuille sale, se baissa, allongea le bras et la remit dans le trou. Sa main fut fouettée par le vent, et il lâcha le papier dans les nuages.

La Maison d'arrêt se trouvait dans les collines du Parfum, à douze kilomètres du centre de l'île. Collines, c'était peu dire. Il s'agissait plutôt d'une succession de montagnes, tantôt croupes arrondies, tantôt rochers à pic, de mille cinq cents mètres d'altitude, qui barraient une partie de l'horizon.

Enfermé dans un carton d'emballage, au fond du coffre de l'Audi 4 du directeur, le neveu de la muette n'avait pu, pendant le voyage, apprécier le spectacle d'ombre et de lumière des courbes serpentantes, bleutées au loin, rousses à mi-hauteur, violettes au sommet, en ce début de soirée estivale. Il n'avait pas vu le long convoi de vieillards et d'enfants qui traînaient du ciment, les bâtiments de béton du quartier carcéral, à l'architecture austère, alignés au fond de la vallée, entourés de barbelés, les tours de surveillance où les casques des soldats et les mitrailleuses brillaient dans les derniers rayons rasants. Pas vu le quartier administratif, au sud du complexe, la porte principale, le mur destiné à chasser les mauvais esprits, le long alignement des cours, dont la première abritait deux maisons basses. Pas vu la tour de la cloche, la salle de réunion actuellement en travaux, entourée d'échafaudages, l'immense cour et le jardin de buis taillés et d'ifs et, enfin, le bâtiment de la cantine, en forme de demi-cercle, dressé comme un bunker au bord d'un gouffre qui tombait à pic.

Discrètement, l'Audi 4 s'était arrêtée devant la porte ouest de la cantine. Le directeur était descendu, avait fait le tour d'inspection d'un de ses deux royaumes (cumulant les responsabilités, il était le roi de deux cantines, celle du centre pénitentiaire et celle de la Maison d'arrêt). Il était allé saluer le personnel. Le service du soir était fini, tous les cuisiniers et aides-cuisiniers – il les avait comptés, il n'en manquait pas un – prenaient leur dîner autour d'une longue table, auréolée de vapeur blanche, dans la cuisine.

Assuré que personne ne gênerait son passage, il s'était dirigé vers la salle à manger, où serait effectuée, dans la nuit, la vérification de l'identité du condamné à mort, parce que la salle de réunion, lieu habituel de ce genre d'événement, était en travaux.

Tout était prêt : la moitié de la salle avait été vidée, les tables et les bancs qui avaient été enlevés étaient entassés dans l'autre partie. Des drapeaux rouges flottaient partout, l'emblème de la Chine s'affichait sur le mur du fond, et de grosses banderoles, dont chaque inscription avait été choisie par lui, couraient sur les murs latéraux. Seul le condamné, le vrai 9413, aurait pu en comprendre le sens caché.

À droite, celle-ci :

« L'HISTOIRE MONTRE QUE LES VIOLENCES SE DIVISENT EN DEUX CATÉGORIES : LES VIOLENCES JUSTES ET LES VIOLENCES INJUSTES. »

À gauche, celle-là :

« LA JUSTICE CHINOISE EST TOUJOURS UNE FORCE COMBATTANTE ET UNE ORGANISATION CHARGÉE D'EXÉCUTER LES TÂCHES POLITIQUES DU PARTI. »

Il avait vérifié le bureau de la comptabilité, relié à la salle à manger par dix mètres de couloir et transformé en cellule provisoire, où le condamné passerait sa dernière nuit, sous la stricte surveillance de plusieurs gardiens. Là aussi, tout était en ordre, un petit lit métallique pour l'infortuné et deux longs bancs de bois pour ses surveillants. Il avait vérifié que les Thermos étaient remplies d'eau chaude, que la boîte à thé était pleine, et avait tapé, d'un doigt, quelques coups sur le tambour installé au milieu de la pièce, objet du dernier souhait du condamné.

Enfin, il était revenu à sa voiture avec un chariot. Il avait ouvert le coffre, sorti le carton, l'avait posé dessus et l'avait tranquillement poussé jusqu'à la porte de la cantine, plongée dans la pénombre. Il avait traversé la grande salle, toujours déserte, et était ressorti par la porte de derrière, qui donnait sur une cour pavée, au fond de laquelle, au-dessus d'une falaise, se dressaient les latrines du personnel.

Il s'était retourné pour jeter un regard scrupuleux alentour, avant de pousser la porte, sur laquelle était dessinée la silhouette d'une femme en jupe.

Sitôt qu'il fit nuit, une ampoule nue, de faible puissance, s'alluma au-dessus de la cloison de séparation.

Le neveu de la muette, qui jouait les intrus dans ce domaine féminin, frémit en entendant un bruit de chaîne, au loin, comme si un fantôme revenait de l'au-delà. Le bruit montait de la profondeur du dédale qu'était la cantine.

C'était une impressionnante chaîne en fer, imaginait le gamin, avec de la rouille aux jointures des anneaux. Combien de kilos pesait-elle ? Cinq ? Huit ? Dix ? Prenant la mesure du temps infini qui s'écoulait entre deux pas, et fort de son expérience d'acteur enchaîné, qui avait avancé en tenant une barre le long d'un mur, il était effrayé par le poids qu'il lui supposait. Il devinait combien, à chaque pas, elle devait s'enfoncer dans les chairs, broyer les chevilles. Le bruit qui retentissait avec un écho lourd de menace lui glaçait le sang.

C'est peut-être un confrère, se dit-il, qui a comme moi suivi un entraînement pénible et présente son numéro.

Il voulut poser la question à son voisin, le directeur de la cantine, mais la porte des latrines s'ouvrit brusquement.

Le nouvel arrivant, sans aucun doute un vieux complice, savait exactement où se cachait le directeur. Il surgit sans crier gare, ouvrit la porte du cabinet, saisit la liasse de billets que l'autre sortit de sa poche et disparut aussitôt, sans qu'un mot fût échangé. La porte des latrines se referma derrière lui.

Le bruit de la chaîne en fer s'était tu.

Épuisement d'un vieux prisonnier ou entrée en scène d'un artiste ?

Le gamin prêta l'oreille mais n'entendit que les crissements d'ailes des papillons de nuit qui voltigeaient autour de la lampe.

Soudain, du côté de la cantine, monta la voix d'un homme qui lisait la décision de la Haute Cour : rejet de l'appel, exécution immédiate de la peine capitale.

À sa grande surprise, cette lecture lui rappela celle de son gardien, le maton en retraite : même voix, mêmes intonations, mêmes mots, à la virgule près, ou presque, mais dans un mandarin plus hésitant, au fort accent sichuanais, qui conférait à la sentence une petite couleur locale, un côté à la fois comique et amateur.

De loin, la scène lui parut un peu molle, dénuée de la force de conviction qu'avaient ses répétitions dans l'entrepôt.

Tout était conforme au scénario établi par son gardien, mais quand l'identité du condamné fut vérifiée, le dialogue lui sembla chuchoté, comme un lointain jet d'eau :

« Matricule de détention ? »

Le gamin prêta l'oreille à la réponse.

« 9413. »

Un sourire indulgent se dessina sur ses lèvres. Il en était certain, il jouerait mieux le rôle.

Attendant son tour avec impatience, pour ne pas dire fébrilité, il écouta attentivement la scène, approuvant d'un hochement de tête les bonnes réponses de son concurrent ou réagissant à l'imperfection de certains détails : la date de son mariage, celle de la naissance de son deuxième enfant, le nom du mari de sa quatrième fille, le nom de ses petits-fils… Quand l'interrogé eut un trou de mémoire et chercha en vain une précision historique de son état civil, il se demanda comment on avait pu confier le rôle d'un vieillard de soixante-dix ans à un homme d'à peu près le même âge.

Ses critiques redoublèrent d'intensité lorsque 9413 se retira dans sa loge, et que, débarrassé de ses menottes, il battit du tambour après le départ de la horde des juges, fonctionnaires du parquet et policiers.

Les latrines étant séparées de la loge par une seule cour pavée, il pouvait parfaitement l'entendre ; le morceau était le prélude que jouait la muette pour vendre son tofu, mais lui manquaient l'enthousiasme, la fraîcheur, la vitalité, la coquetterie, la séduction, la force de persuasion qu'il y mettait lui-même. Pitié ! Ce qui lui arrivait aux oreilles, c'était une sorte de marche funèbre, lente, massive ; on eût dit *L'Internationale*. Par bonheur, le joueur, pris d'un besoin naturel, demanda à faire une pause.

Comme il avait les pieds enchaînés, ses deux surveillants lui remirent simplement les menottes et l'escortèrent vers les latrines.

Quand il traversa la cour – quel trajet ! –, le bruit interminable de la chaîne en fer donna de nouveau à l'enfant le sentiment qu'entre chaque pas une éternité s'écoulait.

Les trois hommes atteignirent enfin l'entrée des latrines. Un des surveillants y attendit, avec le condamné, que l'autre ouvrît d'abord chaque porte de la partie réservée aux hommes.

À l'issue de cette vérification, le gamin devina, aux différents bruits, qu'on lui enlevait ses menottes et sa chaîne.

Les pieds nus du prisonnier, qui devait souffrir d'une légère claudication, marchèrent sur le sol cimenté. Avec l'accord de son escorte, il choisit un cabinet, éloigné de l'entrée et proche de la cloison derrière laquelle se trouvaient le directeur de la cantine et le neveu de la muette. Il referma la porte et les surveillants sortirent pour le laisser se soulager en paix.

Avant même de comprendre ce qui lui arrivait, le garçon fut sorti de son cabinet et hissé de l'autre côté. Tout se passa très vite. Chaque geste du directeur, longuement médité et répété, fut fulgurant, précis, silencieux. Il prit le gamin dans ses bras, le fit grimper sur le chariot garé près de la cloison, il lui poussa les fesses, les jambes, les pieds, et l'envoya rapidement dans le cabinet voisin.

Le gamin s'empêtra dans des toiles d'araignée, accrocha quelques clous au passage, mais fut bientôt de l'autre côté.

Le bruit de son saut n'échappa pas aux oreilles des surveillants. L'un d'eux entra et scruta la pièce d'un regard méfiant :

« Ça va ?

— Pas de problème », répondit le condamné.

Telle une ombre, plus rapide qu'un jeune athlète, un vieillard s'approcha du garçon, enleva son pantalon rayé et sa chemise marquée de son matricule et les échangea contre les siens.

L'éclairage était si peu puissant qu'il discerna à peine les traits du vieil homme, mais il remarqua pourtant que leur ressemblance était évidente. Quand le directeur, monté sur le chariot, passa la tête au-dessus de la cloison, il fut lui-même incapable de distinguer avec certitude qui était le neveu de la muette, qui le vieux président. En regardant son vieil ami, il croyait voir le gamin atteint de progéria, tant étaient indéniables leurs similitudes : la tête chauve, les sourcils blancs, les rides, la stature, le regard.

Par gestes, le vieux signifia au gamin de lui donner ses chaussures, une paire de baskets usagées, trouées par endroits, puantes : elles lui allèrent parfaitement bien.

« Bonne chance, lui chuchota-t-il à l'oreille.

— Adieu », répondit le neveu de la muette.

Le vieux prit la main que le directeur lui tendait au-dessus de la cloison. Dans un petit saut, il l'enjamba comme un athlète et disparut sans bruit à la vue du petit.

Celui-ci enfila la chemise et le pantalon rayé du prisonnier et sortit des latrines. Il joua son rôle à merveille. Conformément aux enseignements de son gardien, il s'accroupit, leva les mains pour qu'on lui passât les menottes et, avec un petit sourire, laissa les surveillants refermer la chaîne sur ses chevilles.

Dans un souci de perfection, il n'oublia pas, en traversant la cour, d'imiter la lenteur du vieil homme, ni d'ajouter à sa démarche une légère claudication.

Une fois dans la loge, il s'assit sur le lit, caressa le tambour du bout des doigts et en joua un moment, tenant délicatement les baguettes, avec une tendresse infinie – une tendresse semblable à la peau du tofu aux épinards de la muette. Les baguettes effleuraient la tôle du tambour dans un rythme qui rappelait une valse à trois temps.

Cette façon de jouer surprit les deux surveillants, qui le regardèrent avec méfiance. Pour les rassurer, non plus sur la tôle mais sur la peau du tambour, il interpréta *La Valse du tofu*. L'un des surveillants siffla *Le Danube bleu* et l'autre nota, dans le cahier de surveillance : « La veille de son exécution, 9413 joue du tambour, comme si de rien n'était. Seule sa tache de vin, jadis rose comme celle de Gorbatchev, à présent noire, comme brûlée, trahit sa peur de mourir. »

Le Bogart du réservoir d'eau

I

C'était peu après la disparition de ma mère. Un jour, au fond d'une petite armoire humide, je trouvai une boîte laquée, jadis de couleur dorée, à présent noircie par le temps, dans laquelle elle avait conservé, comme des reliques sacrées, un clou rouillé, quelques mèches de cheveux, un peigne en bois de camphrier, dont deux ou trois dents étaient cassées, une bague, un anneau en or, un bracelet en jade et la douille vide d'une balle en cuivre.

La taille de la douille était à peu près celle des balles de revolver qu'on voit dans les films policiers, mais sa matière faisait penser davantage à un objet rituel, solennel, d'un jaune très brillant, qu'on pouvait, de loin, prendre pour de l'or.

Elle me rappelait le briquet de mon père, dont il ne se servait jamais sans l'avoir d'abord caressé, tourné, retourné, avant de souffler dessus : il l'avait fabriqué lui-même, avec une douille du même calibre, de la même matière, luisant du même éclat magistral.

Et tandis que, du bout des doigts, je touchai la douille vide, la voix de maman me revint à l'esprit. La cuisine. Elle et moi. Sa voix baissée. Les sifflements joyeux des lardons dans la friture bouillante de la marmite. La vapeur. La fumée. Et l'odeur de l'huile.

« Ah, la première fois que j'ai vu son fusil, il faut que je te raconte ça ! Crois-moi si tu veux, mais il était là, ce vieil engin, en l'honneur de notre mariage. Moi, comme toutes les jeunes filles, j'avais rêvé d'un voyage de noces de quelques semaines, tous les deux, soit à Hangzhou, qu'on décrit comme un paradis terrestre, soit dans la vallée du Dragon-Jaune. Mais ton père, qui était déjà gardien du réservoir d'eau du camp de rééducation de la Ferme de l'Aube, était moins bien payé que le plus petit des deux cents matons du camp. On ne lui avait même pas donné un uniforme de surveillant, et il était obligé de porter son uniforme de soldat, du temps de son service militaire. Moi, j'étais la fille d'un instituteur de la campagne et je commençais tout juste à travailler comme apprentie, dans un atelier de recyclage de déchets électroniques, alors, la lune de miel, ce n'était pas pour nous. Mais on a eu une belle nuit de noces, sous la pleine lune !

« Le réservoir d'eau, je le connaissais bien, j'y étais venue plusieurs fois, avant notre mariage. Au début, je croyais que c'était un lac artificiel. Mais, pendant notre nuit de noces, je l'ai regardé pour la première fois avec appréhension, car j'ai réalisé que j'allais passer le reste de ma vie au bord de ce carré d'eau noire, sans un arbre autour. Mais j'espérais alors que la présence de ton père compenserait l'absence de mes parents et de toutes mes attaches antérieures.

« Ton père, lui, il fumait au bord de l'eau. Il tenait toujours sa cigarette avec trois doigts, dans le creux de la main, c'est pour cela qu'on le surnommait Bogart. Cette année-là, en 1990, au cinéma de l'île, on passait tout le temps un vieux film américain, en noir et blanc, *Casablanca*, dans lequel Bogart, l'acteur principal, fumait comme lui.

« Sans me le dire, il avait peint en blanc une vieille chambre à air de tracteur qu'il avait déposée devant notre maison. Elle sentait fort le caoutchouc. De gros scarabées d'eau grouillaient tout autour. Il l'a mise à l'eau et, enduite de safran contre les moustiques, je suis montée dessus. Je retenais mon souffle, non par peur de me noyer, car en été, l'eau n'est pas profonde, mais parce que j'avais un fusil dans les bras. Après avoir mis le pneu dans l'eau, il était retourné dans la maison et en était ressorti avec cet engin, qu'il m'avait collé dans les bras. J'ai bien failli en pleurer. À l'époque, il y avait des fleurs autour du réservoir : des glaïeuls, des flammes des marais, des narcisses, et surtout des bleuets, des œillets et de l'anis. Il y en avait plein. Il aurait pu m'en faire une guirlande, mais non, c'était un fusil que je méritais. En slip, torse nu, sa casquette de soldat sur la tête, il a poussé le pneu vers la berge d'en face, parfois en marchant dans l'eau, parfois en nageant. "Qu'est-ce qu'on fait, Bogart ?" je lui ai demandé. "Un exercice militaire ?" Ça l'a fait éclater de rire. Il riait comme un fou. Ni avant, ni après, je ne l'ai vu rire de cette manière.

« Tendrement, il a chuchoté à mes oreilles : "Le gardien du réservoir d'eau d'un camp de cinq mille prisonniers a besoin d'une arme, pas pour tuer les voleurs de poissons, mais les prisonniers qui veulent s'évader. Mais pourquoi celui-là ? me diras-tu. Un fusil japonais, modèle 1938, une version perfectionnée du fusil de fantassin, modèle 1906, mise au point par le colonel Nagakami. Pourquoi pas une mitraillette légère, comme tout le monde ? C'est lui qui s'est imposé à moi. À l'arsenal du camp, quand je l'ai vu, posé là depuis un demi-siècle peut-être, sur une étagère poussiéreuse, le canon tordu, le cran de sécurité cassé, la crosse usée, le vieux monstre m'a paru vivant. Il m'attendait. En le débarrassant de sa poussière, j'ai trouvé l'emblème impérial du Japon gravé sur le canon, ce qui signifie que l'Empereur en personne l'avait donné à un soldat. À l'époque, on n'aurait pas parié un centime sur sa résurrection. Mais tu sais que ton mari est le meilleur bricoleur du camp, et qu'il a même inventé un petit modèle de tracteur, adapté aux champs étroits de la Ferme de l'Aube. J'avais déjà réparé des fusils dans l'armée, mais cette fois j'ai mis longtemps avant de comprendre comment adapter les différentes parties du canon. Le plus dur, ç'a été de trouver le degré d'inclinaison de la gâchette ; un ressort manquait, que j'ai dû fabriquer moi-même, à la forge du camp."

« L'emblème dont il parlait, c'était une fleur de chrysanthème qui luisait d'un éclat aussi noir que le canon. J'avais envie de le toucher, mais je me suis retenue, par crainte de réveiller le vieux monstre, qu'il disait vivant.

« La traversée du réservoir terminée, nous avons grimpé sur la berge. Nous avons pris un chemin en pente douce qui serpentait entre les herbes sauvages, jusqu'à une colline. La vallée s'étendait à nos pieds. Tout était calme alentour. Aucun obstacle n'obstruait le paysage. "Halte", a crié ton père. On s'est assis. Il a essuyé le fusil avec soin et a appuyé sur la détente pour vérifier le bon état de son arme. Puis il m'a appris comment la tenir, en posant un genou par terre. La brume du soir commençait à flotter sur les collines, l'herbe se mouillait de rosée nocturne. Enfin, il a introduit une balle dans le chargeur. Le menton sur la crosse, je sentais l'arme respirer. C'était exactement comme il l'avait dit, une créature vivante. J'ai retenu mon souffle et j'ai pris la mire, comme il me l'avait appris. Mais soudain, alors que je fermais un œil, le vieux monstre – le mot de ton père m'est revenu à l'esprit – s'est réveillé sous mes doigts et, échappant à ma volonté, le coup est parti tout seul. Avant même que je comprenne ce qui s'était passé, une odeur de poudre brûlée a piqué mes narines. Le choc en retour a heurté si violemment mon épaule que j'ai cru être atteinte en plein cœur par la balle. Malheureusement, elle était trop rasante et elle a ricoché comme une sauterelle dans l'herbe. Trajectoire décevante.

« "Ah, tu es bien la fille d'un instituteur de campagne", s'est plaint ton père, presque fâché. Il a pris l'arme, s'est allongé, a chargé une nouvelle balle, dirigé le canon vers le bas de la colline et tiré. Un vrai fantassin. Il n'a même pas cligné des yeux. Il a regardé la fumée s'élever de la gueule du fusil et flotter. On voyait que la déflagration qui avait déchiré l'air et fait s'envoler les oiseaux sauvages lui avait procuré un plaisir immense.

« Quand le silence est revenu sur les collines, il a ramassé les deux douilles vides par terre. Il m'en a donné une, et a gardé l'autre. Il n'a pas dit un mot. Tu le connais, ce n'est pas un beau parleur, Bogart. Mais j'ai apprécié son geste. Pour lui, ces douilles étaient les témoins du pacte qui nous unissait désormais comme mari et femme. »

La douille dorée, placée comme une relique sacrée dans la boîte laquée, portait une toute petite inscription, à peine lisible, gravée à la pointe d'un canif. À première vue, je pensai à la fleur de chrysanthème, mais non, c'était la date de leur mariage, le 7 mars 1992, dix mois, jour pour jour, avant ma naissance.

[illegible] À la conquête [illegible] la [illegible] dans [illegible] pour [illegible]

[illegible]

II

Dans un de mes cahiers d'écolière, que ma mère avait gardés au fond de son armoire humide, et qui m'étaient revenus après sa disparition, j'ai retrouvé le texte d'une leçon de chinois que j'avais recopiée, un reportage du *Journal du Peuple*, typique de la prose révolutionnaire, intitulé « Le président Mao a fait une inspection au réservoir d'eau des treize tombeaux des Ming ».

Osons le dire, en dehors de deux ou trois phrases exceptionnelles, les mots majestueusement pompeux de ce texte, marqué du sceau du romantisme prolétarien, étaient ennuyeux. Enfant, il m'avait fallu les entendre cent, deux cents fois, les recopier mot à mot sur du papier quadrillé, mais ils m'étaient pour la plupart passés au-dessus de la tête. Pourtant, j'avais compris qu'il était question des avantages du système socialiste, que seul notre État tout-puissant était capable d'organiser ce type de travaux pharaoniques pour répondre aux nécessités urgentes, indispensables, d'une région agricole moderne, et que le mot « réservoir d'eau », si ordinaire en chinois – et encore plus dans la vie quotidienne de ma famille –, était synonyme, sur le plan politique et économique, de bonheur du peuple. « C'est dans les climats où il pleut le moins que l'eau est le plus nécessaire aux cultures. » À en croire l'auteur de l'article, ce mot était quasi absent du vocabulaire des langues occidentales : des millions et des millions de malheureux Européens ou Américains ne le connaissaient pas, sinon ceux qui étudiaient l'histoire des jardins de Versailles, car il désignait les bassins construits par le roi de France afin de surprendre les dames de la Cour par la beauté des jets d'eau. Au XIXe siècle, la mairie de New York en avait également construit un, au sens propre du terme, avec des stations de pompage, pour que les pompiers, devenus employés municipaux, disposassent désormais d'eau sous pression lors des incendies. Écoutez l'auteur de ce reportage historique : « Nous, les communistes chinois, ne créons pas l'eau, mais nous la découvrons, nous la recueillons, nous pouvons irriguer partout où nous voulons. »

En relisant ce vieux texte de propagande, l'odeur de la caisse en contreplaqué qui me servait de bureau m'est revenue aux narines ; une caisse si haute que je devais appuyer mes avant-bras dessus pour écrire. Je revoyais mon pouce, qui appuyait si fort sur le stylo que le bout en était exsangue. Je reconnaissais dans chaque trait, chaque caractère, chaque ligne, mon euphorie enfantine, l'admiration que je vouais à Bogart, gardien d'un autre réservoir d'eau, le nôtre, dont le nom administratif, gravé sur une stèle de granit, était « Réservoir d'eau de la Ferme de l'Aube ». Certes de superficie mille fois plus modeste que celui que le président Mao avait inspecté, il n'en était pas moins un exploit pharaonique, une pure merveille de technologie, construit par les prisonniers du camp, dans les années soixante-dix. Coulant des cimes neigeuses du nord de l'île de la Noblesse, l'eau traversait, dans des canalisations, le mont de la Trompe-d'Éléphant, enjambait des gorges, des cols, et la vallée du Camphre, grâce à une suite d'aqueducs dont certains, formés de vingt ou trente arches, étaient connus pour la beauté et la hardiesse de leurs arcades, et d'autres comptaient trois étages qui alimentaient bassins et fontaines, où l'eau jaillissait à profusion et se déversait sur le flanc de la colline des Bambous, dans notre réservoir, cet énorme cratère cubique dont les parois massives des murs de retenue, couverts de lierre, avaient près de huit mètres d'épaisseur et treize de hauteur.

Oui, treize mètres de hauteur. Imaginez, quand mon père tournait le volant pour ouvrir les vannes (des vannes adaptées aux fossés, que l'abondance de cailloux avait permis d'empierrer afin de maintenir l'eau, dans la Ferme de l'Aube, à un niveau convenable). Imaginez le bruit avec lequel les flots se précipitaient – un grondement de tonnerre – sur l'échelle du niveau d'eau, marquée de chiffres gradués.

Jusqu'alors, les catastrophes écologiques qui avaient frappé les autres réservoirs d'eau de l'île de la Noblesse (par exemple, dans celui de la Solidarité, plus grand que le nôtre, dix tonnes de poissons avaient été empoisonnées par les métaux lourds, et l'odeur de leurs cadavres avait empesté l'air pendant plusieurs semaines ; l'eau de celui du Vent de l'Est avait infecté des centaines d'hectares de pastèques – une spécialité de l'île, appréciée pour son jus sucré, qui vous inondait jusqu'au coude quand vous mordiez dedans –, et les paysans avaient récolté des fruits énormes, lisses, à l'écorce vert émeraude mais complètement vides, sans la moindre chair dedans) semblaient avoir décidé d'épargner celui de la Ferme de l'Aube, permettant à Bogart de garder son poste, de continuer à y faire des rondes, cinq fois par jour, à heure précise, avec ou sans son vieux fusil japonais, et à y faire des travaux d'entretien, avec une brouette chargée de pioches, de cailloux, de ciment et de sable.

(Bogart était légèrement plus petit que maman, mais il était râblé, avec des épaules en devant de brouette et de bonnes mains.)

« Je m'en veux d'avoir épousé un type qui n'a aucune ambition », répétait tout le temps ma mère. Elle se plaignait constamment de notre condition, égrenant tous ses projets avortés à cause du manque de soutien de son mari : émigrer à Guangzhou ou à Shanghai, comme des centaines de millions d'autres paysans chinois qui avaient quitté la campagne pour entrer à l'usine, ou ouvrir un restaurant au centre de l'île ; créer une petite entreprise d'élevage de poulets ou de cochons ; faire construire une vraie maison ; ouvrir une boutique pour vendre des chaussures ou des vêtements aux matons des camps ; louer un terrain pour cultiver des pommes de terre… Rien. Elle n'avait rien pu faire, sauf un parterre de fleurs, devant notre cabane à toit de tuiles grises, « une parcelle aussi petite qu'un mouchoir », mais un mouchoir brodé, quadrillé, losangé, qui ressemblait à un beau tapis.

Ma mère avait tort.

De l'ambition, Bogart en avait une, qu'il n'avait d'ailleurs jamais cachée : c'était moi. Originaire du nord-est de la Chine (jadis colonie des Japonais, qui l'avaient nommée Mandchourie), le pays du patin à glace, il voulait toujours me voir virevolter, rêvant de faire de moi, sa fille unique, une championne de patinage artistique.

« Où pourrais-tu trouver une patinoire aussi fantastique, aussi idéale que notre réservoir en hiver ? répétait-il tout le temps. Même l'équipe nationale est jalouse de nous. »

Je ne l'ai jamais déçu. Petite déjà, j'adorais monter sur le « radeau à glace » qu'il m'avait fabriqué, une plate-forme en bambou montée sur des barres de fer, et je me souviens encore comment il avait été ému en découvrant, par hasard, qu'à peine âgée de trois ans je pouvais marcher seule, sans tomber, sur l'eau gelée du réservoir. C'est alors qu'il m'a fait, de ses mains, ma première paire de patins, en fixant des lames de métal à des bottes en caoutchouc.

« Les gens de cette province, disait-il, patinent le corps tout droit. Seule ma fille, en vraie fille du Nord-Est, où le patinage est une seconde nature, patine avec cette belle inclinaison, cette courbe parfaite que doit avoir le corps au-dessus de la glace. »

III

Ce matin-là, le jour était à peine levé que des coups de pioche sur la glace résonnaient déjà dehors. J'étais sûre que Bogart creusait un trou au milieu du réservoir gelé. Au bruit, je devinais ses gestes, calmes et puissants. Puis ce fut le silence, et le crissement de ses chaussures de soldat sur la glace. Il n'avait ni patins, ni bottes en cuir, mon pauvre entraîneur. Je l'entendis marcher sur une vingtaine de mètres, s'arrêter, et de nouveau des coups de pioche retentirent : il creusait un autre trou.

C'est ainsi qu'il préparait une séance d'entraînement. Mon entraînement. Quand, à force d'allers et retours, la surface de la glace devenait mauvaise pour les lames de mes patins, Bogart prenait, dans un gros bidon posé sur un chariot, l'eau qu'il avait puisée dans un des trous et en versait quelques seaux sur la piste. L'eau, qui gelait en un rien de temps, formait une nouvelle couche de glace, lisse comme une vitre. « L'arrosage de la glace » était un travail pénible, mais d'autant plus nécessaire que, cette année-là, à cause d'une sécheresse telle qu'on n'en avait pas vu depuis quarante ans, le réservoir d'eau n'avait plus que trois mètres de profondeur, et que la patinoire s'était considérablement rétrécie.

J'ai glissé hors de la tiédeur de ma couverture et j'ai posé les pieds sur le plancher. Une véritable épreuve. Des cristaux de glace, en forme de grappes de raisin, fleurissaient sur les vitres des fenêtres. Le pantalon à mi-cuisse, j'ai agrafé mon soutien-gorge – un vieux soutien-gorge de ma mère qu'elle avait, deux mois avant sa disparition, rajusté à la taille de ma poitrine d'adolescente de treize ans –, j'ai enfilé trois pulls à col roulé plus épais les uns que les autres, mon beau blouson matelassé rouge foncé, et j'ai passé la main sous mon lit pour y prendre mes patins. En descendant l'escalier, je ne savais pas bien si j'étais encore ou non dans un rêve. Dehors, malgré le temps couvert, la réverbération de la neige était si éblouissante que je me suis arrêtée un instant. Quand Bogart a eu fini d'arroser la surface, il a fumé une cigarette, à la façon de son homonyme, et l'eau qui l'avait éclaboussé a gelé sur lui, l'enveloppant d'une claire armure de verglas. Durant mes entraînements, il tenait toujours à portée de main trois éléments fondamentaux : une Thermos d'eau chaude pour que je boive, un balai pour nettoyer la piste et une longue perche munie d'une corde pour me sauver au cas où je tomberais dans un trou. Cela m'était arrivé une fois, deux ans auparavant. Quand il était parvenu à me sortir de l'eau, j'étais tellement gelée qu'il m'avait fallu rester au lit trois jours entiers avant d'être enfin réchauffée.

Au petit jour, sous les yeux impassibles de mon entraîneur, j'ai commencé à exécuter des figures, très simples d'abord, des petits sauts, des pirouettes, des quarts de cercle, des demi-tours et des tours sur la pointe d'un seul pied, puis des figures plus complexes, créées par Bogart en personne, qui se révélait chorégraphe inventif. Il avait acheté un téléviseur et un magnétoscope, afin d'enregistrer tous les programmes, non seulement de patinage artistique, mais aussi de danse ou de plongeon acrobatique. Les figures de ses chorégraphies, il les élaborait à l'intérieur de sa loge de gardien, au rez-de-chaussée de notre maison, derrière la salle à manger. Souvent, il n'en sortait qu'au soir, épuisé, pour y disparaître à nouveau après le dîner. Quand il en était satisfait, et bien qu'il ne fût pas un grand bavard, il nous les décrivait, à ma mère et à moi, pendant de longues minutes, avec dans la voix une ferveur que je crois encore entendre, et qui me remuait jusqu'au bout des orteils. Mes patins dessinaient sans peine ses arabesques à la géométrie pure. « Tu as une esthétique de militaire », disait maman, qui se moquait souvent de lui. À l'époque, elle n'avait pas complètement tort. Ce qu'elle aimait dans le patinage, c'était la danse. Elle préférait me voir tourner, tourner, sur un seul pied, et dessiner, d'un seul trait de lame sur la glace, une colombe d'un mètre cinquante.

À un moment, le téléphone a sonné dans la maison. C'était une bonne nouvelle. Le service de la comptabilité du camp demandait à mon père de se présenter au bureau pour toucher son salaire de novembre, en retard de presque trois mois.

Avant son départ, il a programmé la suite de mon entraînement : un saut acrobatique, avec appui sur une jambe, deux tours complets en l'air et réception sur l'autre jambe. Vue de loin, avec mes genouillères, mes jambières, mes protections de coudes et de poignets et mon casque de motocycliste, j'avais l'air d'un cosmonaute.

Sitôt qu'il a été parti, au lieu de cet exercice, j'ai exécuté la figure préférée de ma mère. La neige s'est mise à tomber. Je ne sais combien de colombes mes patins ont dessinées sur la glace ce jour-là, tantôt du pied gauche, tantôt du droit, jusqu'à la dernière, tellement parfaite que, si ma mère l'avait vue, elle en serait tombée par terre : le bec fin et droit, les ailes déployées, la queue légèrement échancrée, ample à l'extrémité, avec deux pennes qui bifurquaient, elle semblait prête à s'envoler.

C'était pour elle que je dansais, sur le réservoir d'eau gelée, sans pouvoir m'arrêter, et pourtant, je ne me souviens pas d'avoir été fatiguée, tant la glace semblait souple à mes patins habiles.

Malheureusement, la surface a fini par s'abîmer, et quand j'ai voulu exécuter le saut que m'avait imposé mon père, j'ai buté sur les sillons que les figures de colombes avaient gravés sur la glace. Je me suis appliquée tant bien que mal à les éviter, mais ils étaient si nombreux qu'ils rendaient tout saut impossible.

J'ai alors décidé d'arroser moi-même la piste.

Le chariot était lourd, et pourtant le bidon était vide. Les roues, mangées de rouille, grinçaient sur l'étendue silencieuse. Ce fut un véritable exploit de l'amener au bord d'un trou creusé par mon père, à côté duquel gisaient ses trois trésors d'entraîneur : la Thermos, le balai, la perche de bambou.

Une vapeur blanche montait du trou. Lorsque j'y ai plongé le seau, j'ai eu l'impression qu'il traversait un brouillard rampant, étiré, gelé par endroits, comme une toile d'araignée verglacée.

Pour me faciliter la tâche, j'avais attaché la corde de la perche à l'anse. Quand le seau a touché le fond, je l'ai senti heurter quelque chose, j'ignorais quoi. Je l'ai remonté, j'ai versé l'eau dans le bidon, puis j'ai recommencé la manœuvre une deuxième et une troisième fois. Là, le seau n'a rien heurté, hormis la vase.

Le bidon était presque plein, j'aurais pu m'arrêter là, mais, sans savoir pourquoi, j'ai plongé le seau une quatrième fois, et il est remonté en grelottant, avec une lenteur incroyable, aussi pesant qu'un cadavre de noyé de cinquante-trois kilos. Le poids de ma mère.

Bien sûr, ce n'était qu'une impression, et le seau était à peine plus lourd que tout à l'heure, car c'est une simple basket que j'ai remontée avec l'eau – une basket blanche à bandes bleues, avec l'emblème rouge de la marque Nike. Je l'ai reconnue tout de suite : c'était celle de ma mère, disparue quatre mois plus tôt.

Je me suis agenouillée, les mots se sont figés sur mes lèvres, et mes pensées ont tourbillonné comme des feuilles mortes dans une tempête, tandis qu'un flocon de neige est tombé sur la basket, en dansant (une danse gracieuse, d'une paix surnaturelle). L'air, soudain devenu cotonneux, ouaté, a amorti la chute de cette forme familière. Une faible vibration. Un rayon a pénétré l'une de ses facettes. Des éclats aussi beaux que fragiles. J'ai retenu mon souffle, de peur qu'ils ne s'éteignent.

Longuement, j'ai regardé ce petit duvet blanc fondre et disparaître sans laisser de trace, pas même une minuscule tache, sur la chaussure dégoulinante.

Rapidement, une mince pellicule de verglas l'a revêtue. Le soleil, qui avait fait une timide apparition dans le ciel, passait au travers. J'ai prêté l'oreille, croyant entendre des crissements, imaginant, une fraction de seconde, ce qui se passerait, si elle sortait de sous la glace. Elle aurait un pied chaussé, l'autre nu.

Soudain, mes mains ont laissé échapper la relique précieuse, qui est tombée par terre en tintant comme un lustre. Je me suis débarrassée de mes habits de cosmonaute, j'ai même ôté mon caleçon en Lycra, qui a lancé de petites étincelles bleues en glissant sur mes chevilles. De la vapeur blanche flottait toujours dans le trou lorsque j'ai plongé. Ma peau a été transpercée par le froid comme par un millier de lames tranchantes, je ne sentais plus ni ma tête, ni mon torse, ni mes jambes, ni mes pieds, rien d'autre que le bout de mes doigts, qui touchaient, au fond de l'eau glaciale, un os, très long, que j'ai identifié plus tard comme un fémur.

IV

Quelques mois seulement s'étaient écoulés entre mon plongeon dans le trou et le jour où j'avais appris pour la première fois que la santé de maman se dégradait.

Un mardi soir de mai, tard dans la nuit, j'étais déjà couchée lorsqu'elle entra dans ma chambre, pieds nus, sans allumer la lumière. Elle avança sans bruit vers mon lit et baissa la voix pour me parler. Sachant que le lendemain après-midi je n'avais pas cours au collège, elle me demanda de la rejoindre, vers treize heures, à son atelier.

« N'en dis pas un mot à ton père, ce sera notre petit secret », me recommanda-t-elle avant de refermer la porte derrière elle.

À quelques kilomètres du réservoir d'eau de la Ferme de l'Aube, l'« Atelier des Cinq Pins » était de la taille du terrain de football de mon collège, sans la tribune ni les gradins, mais avec un mur d'enceinte. Dans la première moitié du vingtième siècle, c'était la briqueterie du village du même nom. À présent, le four à briques était condamné, la cheminée de trente mètres, couverte de suie, s'élevait encore dans le ciel, mais des herbes folles poussaient dans les fissures de cette maçonnerie, édifiée à l'époque du socialisme au-dessus du hangar qui servait jadis de séchoir à briques, et était devenu une sorte d'abri dont il ne restait que le toit et quatre piliers de ciment, sans murs. À l'heure du déjeuner, l'endroit était désert. Mes yeux cherchèrent maman parmi les énormes bacs où s'amoncelaient des déchets électroniques, de toutes formes et toutes dimensions. Les batteries de voiture occupaient la majorité des bacs, mais il y avait aussi des piles à combustible, des bouteilles de Leyde, des batteries stationnaires… Ici, l'absence de couleur était totale. Les bacs, les boîtiers, les pièces détachées, tous en métal ou en plastique, ne montraient que de mornes nuances de gris : la couleur du plomb, qui était – est-il utile de préciser ? – la seule chose que l'on recyclait à l'Atelier des Cinq Pins.

Ici – non, je rectifie : ici, dans un bac grand comme un bus, dressé au milieu du hangar, s'épanouissait la fleur la plus morne du monde ; ici, entre les boîtes de pâte de plomb, les grilles en alliage anticorrosion, les feuilles de séparateurs, les plaques positives ou négatives, voletait le papillon le plus terne du monde. Ma mère. Elle me dit : « Je veux aller chez le médecin, mais pas toute seule, j'ai peur du diagnostic. »

Elle avait pris cette décision, m'expliqua-t-elle en marchant vers l'hôpital, à cause de ses oublis à répétition, pas tant dans son travail, où ses gestes étaient répétitifs, mécaniques, mais souvent, selon ses collègues, elle oubliait des histoires qu'elle avait déjà racontées plusieurs fois, des histoires de fantômes, de condamnés à mort.

« Comme celle du docteur Ma ?

— Le docteur Ma ? C'est quoi, son histoire ?

— Tu ne te souviens pas ? Un soir, à la maison, pendant le dîner, tu nous l'as racontée, et à la fin, papa s'est fâché. Il t'a dit que si on te dénonçait, et que la direction apprenait que, dans le camp, une femme racontait partout des histoires de trafic d'organes des condamnés à mort, ce serait à lui qu'ils demanderaient des comptes, et qu'ils le mettraient dehors.

— Je ne me souviens pas de cette histoire.

— Le docteur Ma, diplômé d'une grande université de médecine, avait été nommé par l'État, dans la clinique du camp, mais pas pour guérir qui que ce soit, ni les matons, ni les prisonniers, pas même le directeur. Sa spécialité, qui était secret d'État, consistait à prélever les organes des condamnés à mort, après leur exécution. Il jouissait d'une réputation hors pair, c'était le chirurgien le plus rapide de Chine, un vrai maître dans son domaine. Pendant des années, il a rempli sa mission sans faille, dans le secret et la solitude. Les organes qu'il prélevait étaient immédiatement mis dans la glace et transportés dans des hélicoptères garés à proximité du terrain d'exécution, vers des hôpitaux où on les attendait pour des greffes. Il travaillait sans état d'âme, dans l'urgence. Le corps humain n'avait aucun secret pour lui. Jusqu'au jour où... Tout s'était déroulé comme prévu. Le prisonnier avait signé son accord pour un don d'organes une heure plus tôt, en échange d'un repas grandiose. Il a été exécuté par balle, sa mort a été constatée par le médecin légiste, et trois assistants du docteur Ma ont emporté son corps vers une ambulance garée vingt mètres plus loin, dans laquelle tout était prêt. Là, on l'a étendu sur une table d'opération dernier cri, *made in Germany*, le docteur Ma a pris son scalpel, et a ouvert le ventre du condamné. Après avoir localisé les reins, il y a plongé son scalpel, les a prélevés, les a nettoyés, et comme une partie des intestins glissait hors de l'abdomen, il a pris des ciseaux pour les couper. Soudain, l'homme s'est réveillé et s'est assis sur la table d'opération, mais il semblait bien fatigué. Il a regardé le chirurgien, pour tenter de l'identifier, mais comme il était myope, il a cherché, à tâtons autour de lui, ses lunettes, sans lesquelles il ne voyait rien. Il n'a trouvé que ses intestins, qu'il a tenté de se remettre dans le ventre, puis il est tombé en avant, il a éructé, comme pour refouler un vomi, il a relevé la tête, a regardé de nouveau le docteur

Ma, et lui a craché du sang en pleine figure. Le crachat a atterri sur le nez du médecin, un gros crachat, épais, rouge carmin, qui a coulé en bas de sa figure. Il a poussé un cri d'horreur, un cri déchirant, qui a marqué le début de sa démence. À compter de ce jour, il a passé son temps à essuyer comme un forcené ce crachat sanglant qu'il croyait toujours sur son nez. »

Suivit un long silence. Maman s'efforçait, je le voyais, de se rappeler cette histoire.

Elle finit par dire :

« C'est dingue, ça ne me dit plus rien. »

Quelques pas plus loin, elle ajouta :

« C'est sûrement une vieille histoire. Depuis cette année, le gouvernement a décidé de changer de mode d'exécution. On ne fusille plus les condamnés à mort, on les tue par injection. À ce propos, on m'a raconté une histoire qui m'a bien fait rire, mais je n'arrive plus à m'en souvenir.

— Ce n'est pas l'histoire de l'homme qui travaillait avec le docteur Ma et a été condamné à mort pour dissidence et espionnage ?

— Je ne sais plus. Raconte voir.

— On l'avait étendu sur un brancard, dans une ambulance, les poignets et les chevilles attachés. Mais à l'instant où on a introduit l'aiguille dans son bras, il a eu une révélation mystique. Dieu lui est apparu à la porte du Paradis, où des anges – des filles très belles – balayaient le seuil, en attendant son arrivée. Un long tuyau de plastique translucide reliait l'aiguille, plantée sur son bras, à un appareil occidental flambant neuf, installé en dehors de l'ambulance et manipulé par un ancien tireur d'élite, reconverti à la médecine après un court stage intensif. Muni des gants blancs offerts par le fabricant avec l'appareil, il a actionné la pompe et a envoyé une dose mortelle de produit, capable de tuer dix taureaux. Une caméra de surveillance a filmé cet instant cruel où l'aiguille a tressailli dans la veine du condamné. Celui-ci a fermé les yeux, un sourire béat sur les lèvres, content de partir. Le produit injecté devait interrompre les battements de son cœur en dix secondes. On a attendu. Quinze secondes, puis vingt, trente, soixante… Au bout de cinq minutes, le médecin légiste est entré dans l'ambulance pour constater le décès. Conformément à la règle, il a pincé la joue de l'homme en lui posant une question purement formelle, qui n'attendait pour réponse que le silence :

« Comment tu t'appelles ?

— Jésus, a dit le condamné à mort en ouvrant grands les yeux. »

Maman était pliée en deux.

« Qu'est-ce qui s'est passé ? Pourquoi ça n'a pas marché ?

— Tu ne t'en souviens pas ? Pourtant, cette histoire, c'est toi qui me l'as racontée.

— Mon Dieu, comment j'ai osé te raconter ça ? Ton père a raison, il pourrait perdre son boulot à cause de moi.

— Tu te rappelles la suite : le liquide injecté était un produit de contrefaçon. Il ne pouvait pas tuer mais provoquait des douleurs atroces, et il a fait souffrir ce pauvre type. Cela a duré plusieurs heures. Quel enfer ! Il hurlait comme un fou, suppliait qu'on le tue par balle, pour rejoindre les anges qui balayaient la porte du Paradis. Il a tant hurlé que toute vision mystique s'est éloignée peu à peu de lui et que son Paradis a fini par disparaître. Jusqu'à son dernier souffle, il a réclamé, en toute légitimité, qu'on respecte la tradition de l'ancienne époque : si un condamné à mort survivait à l'exécution, il était gracié par l'Empereur. Pourtant, le Parti en a décidé autrement, et un nouveau produit, non contrefait cette fois, a été injecté dans ses veines. »

À l'hôpital, la foule était si dense qu'on se serait cru dans une foire. Il fallut se frayer un chemin parmi les malades et leurs parents. Les salles de consultation étaient pleines, certains services affichaient complet. Partout, des files d'attente s'étiraient, interminables, comme de longs dragons, dont la tête était un guichet. Leurs corps serpentaient dans la grande salle, se prolongeaient dans les couloirs, pour finir parfois dans la cour extérieure ou dans la rue. Il nous fallut d'abord faire une première queue pour obtenir une carte qui donnait accès aux soins, puis une deuxième pour établir un dossier médical, une troisième pour obtenir un numéro, qui nous donnait le droit d'en faire une quatrième, dans un couloir, la plus longue et la plus lente aussi.

Au bout d'un siècle d'attente, on se rapprocha de la porte d'une cabine de consultation, mais il fallut encore faire la queue avant d'y pénétrer. La chaleur. L'odeur, mélange de sueur, de maladie, de médicaments. La moiteur étouffante. Dans la pièce de dix mètres carrés grouillaient déjà au moins vingt patients, plus pâles les uns que les autres ; certains respiraient mal, au bord de l'épuisement.

Enfin vint le tour de maman. Elle s'installa sur une chaise, en face du médecin, qui la questionna sur son nom, son âge et autres détails de son état civil. Il nota ses réponses sur un cahier vierge, son futur dossier médical, sans la regarder, jusqu'à ce qu'elle prononçât le nom de l'Atelier des Cinq Pins. Il leva alors les yeux vers elle, et dit :

« Dites-moi, la photo de mon fils sur le bureau, elle est en couleur ou en noir et blanc ?

— En couleur.

— Bien. Je suis content pour vous, dit le médecin, car pas mal d'ouvriers de votre atelier souffrent de daltonisme. »

J'avais l'impression que la salle était devenue silencieuse et que tout le monde dressait l'oreille pour ne pas rater un mot de leur conversation. Le visage du médecin s'assombrit au fur et à mesure que maman lui exposa ses symptômes, ses oublis répétitifs, ses irritations fréquentes. Il me désigna.

« C'est votre fille ?

— Oui, dis bonjour au docteur. »

Je le saluai, et il me posa une question :

« Quand ta mère a dit qu'elle se fâchait tout le temps, tu as eu un sourire en coin. Pourquoi ?

— Je pensais à un film qu'un copain du collège m'a montré.

— Raconte-moi.

— Sa mère travaille elle aussi à l'Atelier des Cinq Pins. L'autre jour, avec son portable, elle a filmé ma mère en train de se disputer avec un contremaître, tellement ça l'a impressionnée. »

Il se tourna vers maman :

« Vous vous en souvenez ?

— Pas vraiment.

— Si, tu sais bien. C'était à cause d'un repas de midi, essayai-je de lui rappeler, mais elle ne réagit pas. Dans son atelier, expliquai-je au médecin, il n'y a pas de cantine. Le midi, c'est un contremaître qui distribue à chaque ouvrier une boîte en plastique qui contient un repas complet. Ce jour-là, en comparant avec les autres, ma mère a constaté qu'il manquait un œuf dans sa boîte. Elle l'a réclamé. Elle s'est fait injurier. Et voilà comment la dispute a éclaté.

— Cela ne me dit rien », regretta maman.

Des rires et des murmures de sympathie parcoururent la salle.

Le médecin fouilla ses poches, d'où il sortit un trousseau de clés, un stylo, une carte d'identité et une pipe, qu'il aligna sur son bureau.

« Regardez bien ces objets, dit-il à maman, et essayez de les mémoriser. Ça y est ? Je peux les ranger ?

— Oui. »

Il reprit les objets et les remit dans sa poche.

« Énumérez-moi ce qu'il y avait à l'instant sur mon bureau. »

Maman, malgré ses efforts de concentration, ne parvint pas à nommer ne fût-ce qu'un seul objet.

Face à cet échec, elle se mit à pleurer. Moi-même, étranglée par l'émotion, je me dirigeai vers la porte, me frayai un chemin à travers les patients abasourdis et allai m'enfermer dans les toilettes, où les flots de larmes et les sanglots me secouèrent jusqu'à me submerger.

Plus tard, quand j'eus repris mes esprits, je retrouvai maman dans la grande salle d'attente de l'hôpital, qui faisait la queue devant le guichet de la caisse réservée aux malades « sans couverture sociale, ni assurance personnelle », afin de payer d'avance les examens prescrits par le médecin : des analyses de sang et un scanner du cerveau.

« De toute façon, me dit maman, je ne ferai que l'examen de sang.

— Pourquoi pas l'autre ?

— Tu es folle. Tu sais combien coûte un scanner ? Trois mille yuans ! C'est plus que le salaire mensuel de ton père et le mien réunis. Je préfère mourir que de me faire soigner. »

Tôt le lendemain matin, en allant au collège, je m'arrêtai devant la seule boutique ouverte de l'île, une pharmacie traditionnelle. Les stores métalliques des autres échoppes étaient encore baissés. Dans la lumière feutrée et l'odeur particulière de son officine, un sexagénaire, assis à côté d'une lampe de porcelaine, broyait des herbes séchées et des écorces d'arbre, quand je franchis le seuil.

« Connaissez-vous un remède efficace contre les pertes de mémoire ? », lui demandai-je.

Rien ne montrait qu'il m'avait entendue. Avec des gestes lents, comme dans un film au ralenti, il prit un flacon d'alcool, en versa quelques gouttes dans son mortier, les mélangea du bout de l'index, un doigt fin, long et noueux comme une racine d'arbre, puis se remit à broyer.

« Ma mère a un empoisonnement au plomb, murmurai-je. Elle vient de faire des analyses de sang. Le rapport du labo est formel. »

Il prit un pinceau, prépara de l'encre, leva les yeux vers moi et me fixa d'un regard dans lequel je crus déceler un tressaillement, comme si quelque chose en moi le frappait.

Qu'est-ce qu'il voit ? me demandai-je. Mon destin ? Ou celui de ma mère, dont je viens de parler ?

Il traça au pinceau un mot sur une feuille de papier qu'il me tendit avant de replonger dans son travail. Le mot était « sauge ».

Une semaine plus tard, dans le parterre de fleurs, devant notre maison, j'arrosai une à une, comme des objets précieux, quelques jeunes pousses de sauge, violâtres, légèrement gonflées, douces comme du velours. Les derniers rayons du soleil les paraient d'une vêture délicate, somptueuse, presque immatérielle. À mon grand regret, elles n'étaient pas aussi nombreuses que je l'avais espéré. La plupart des graines qu'un professeur de biologie m'avait données, et que j'avais semées en suivant ses recommandations, n'avaient pas germé.

Devant la maison, mon père faisait les cent pas depuis une demi-heure, l'air inquiet, fumant à la manière de Bogart, regardant sans cesse sa montre, guettant le moindre mouvement sur le chemin par lequel maman avait l'habitude de rentrer du travail, chaque soir vers six heures.

À huit heures sonnées, elle ne s'était toujours pas montrée, et sa nervosité, sinon son angoisse, était palpable. Tant bien que mal, nous commençâmes à dîner sans elle. Mais, trois minutes plus tard, il reposa ses baguettes et partit à vélo pour se renseigner chez un surveillant dont la femme travaillait aussi à l'atelier des Cinq Pins. Quand il revint, je repris espoir. Il ne faisait pas encore complètement nuit. Un fort vent soufflait du nord, faisant flotter les pans de son imperméable non pas vers l'arrière, mais vers l'avant, ce qui donnait à sa silhouette noire un air à la fois étrange et touchant.

« Elle dit que ta maman a quitté l'atelier vers cinq heures et demie. »

Il était huit heures trente, ce qui faisait trois heures pour effectuer un trajet de dix minutes à vélo, et d'une demi-heure à pied.

Je montai au premier étage, fis semblant d'entrer dans ma chambre et en ressortis aussitôt, silencieuse comme un chat. À pas de velours, je me glissai dans la chambre de mes parents et me dirigeai vers le seul téléphone de la maison. Je composai le numéro de ma grand-mère, qui habitait à Chongmin, une petite ville à vingt kilomètres de l'île. Quelquefois, maman lui rendait visite sans nous le dire, car elle n'avait jamais caché son mépris pour son gendre.

« Maman est chez toi ? demandai-je.

— Pas du tout. Ça fait des mois que je ne l'ai pas vue.

— Elle a des problèmes. »

Soudain, je ne sus plus que dire.

« Qu'est-ce qui se passe ?

— Elle a un empoisonnement au plomb, à cause de son boulot. Le résultat de ses analyses de sang est catastrophique.

— Tu es où ? À la maison ? Raconte-moi tout.

— Récemment, maman est devenue bizarre, plus très normale. Souvent, elle oublie ce qu'elle vient de faire ou de dire. Le médecin dit que dans son cerveau abîmé par le plomb chaque chose est un point isolé, incapable de se relier aux autres, et qui, très vite, tombe dans l'oubli.

— Qui est ce médecin ?

— Celui de l'hôpital de l'île. »

Je lui résumai la consultation et le refus de maman de passer un scanner.

« Qu'est-ce que c'est ?

— Une photo de l'intérieur du cerveau.

— Il faut le faire.

— Elle le sait, mais ça coûte trois mille yuans, c'est trop cher. Il faut que je raccroche, j'ai peur que papa m'entende. Il n'est pas encore au courant. »

Vers dix heures, notre bicyclette traversait l'épaisseur de la nuit avec détermination. La sonnette grelottait sur le guidon, les fourches avant et arrière grinçaient. Vêtu de son vieil imperméable, Bogart pédalait furieusement, avec moi sur le porte-bagages, qui craquait au moindre cahot. C'était miraculeux de constater que le vélo résistait, avançait, ne nous lâchait pas au milieu du trajet.

Le chemin que maman prenait quotidiennement était un raccourci. Un chemin de terre, large de quatre mètres, qui traversait des carrières abandonnées, reconverties en dépôts de déchets électroniques, où tantôt se dressaient des montagnes d'ordinateurs hors d'usage, tantôt se creusaient d'énormes cratères remplis de téléviseurs démodés, d'antennes cassées et autres appareils pourris… On aurait cru déambuler dans le décor d'un film hollywoodien de science-fiction, du genre *2043, la fin du monde*, le lieu par excellence où un monstre pouvait surgir de l'ombre et bondir sur vous. Il était même incroyable que maman, dans son état actuel, y retrouvât son chemin tous les jours, comme si elle avait la carte du lieu gravée dans la tête.

Une succession de bifurcations nous força à ralentir pour fouiller en vain les alentours du regard et l'appeler, mais l'écho de nos cris se perdait dans la nuit. Quand un des embranchements nous semblait prometteur, nous nous y engagions, avec l'espoir que maman, distraite ou frappée d'amnésie fulgurante, s'y était perdue.

Le chemin, qui amorçait une longue pente, devenait de plus en plus mauvais, mais Bogart ne voulait pas ralentir. Il était durement secoué sur la selle, et moi sur le porte-bagages, par les milliers de cailloux hérissés sur notre passage. Il avait beau s'appliquer tant bien que mal à les éviter, leur nombre et leur taille augmentaient sans cesse. Soudain, sans comprendre si le vélo avait heurté un rocher ou était tombé dans un trou, je fus projetée en l'air.

« J'ai bien entendu quelque chose rouler, s'excusa plus tard mon père. Mais j'ai cru que c'était une pierre plus grosse que les autres qui avait culbuté et déclenché cette avalanche de téléviseurs. »

Enfouie parmi les déchets électroniques, au fond d'un cratère, j'entendais grincer notre vélo. Bogart continua encore sur une dizaine de mètres avant de s'arrêter enfin, alerté par mes appels désespérés. Le cratère était si profond qu'il dut d'abord trouver un arbre et y attacher une corde pour me faire sortir de ce trou d'enfer.

« Tu ne m'en veux pas ? demanda-t-il. J'étais tellement concentré à chercher un moyen.

— Un moyen pour quoi ?

— Pour trouver les trois mille yuans. Je t'ai entendue parler avec ta grand-mère au téléphone. »

En rentrant vers minuit, fatigués, poussiéreux, brisés, hagards, nous vîmes, à notre grand soulagement, la silhouette de maman à la fenêtre, éclairée à contre-jour par une lumière sporadique.

« Pourquoi vous êtes partis vous promener sans moi ? » se plaignit-elle, les yeux humides. Son kyste, à peine perceptible sur sa nuque, tressautait, et sa voix tremblait un peu. « Ça s'appelle de l'abandon. Bogart, dis-moi, qu'est-ce que je t'ai fait pour mériter ça ? »

Quelques jours plus tard, dans la salle du scanner de l'hôpital, un lit mécanique emporta maman vers un cube qui, selon elle – par miracle, elle garda un souvenir intact de l'examen –, était hideux, glacé, sans vie ; une vraie tombe, où filtrait le morne éclairage d'un tube au néon. Elle s'était crue dans un cercueil métallique. Elle entendait une voix lui parler dans un micro, mais ne voyait personne. Le produit qu'on lui avait injecté dans une veine du poignet commençait à faire effet. Une première vague de chaleur l'assaillit avec une violence inattendue et parcourut tout son corps. Une décharge brûlante sillonna son bas-ventre jusqu'à l'anus. En tournant les yeux, elle vit, à travers un orifice de l'appareil, des négatifs de radios et des blouses de médecins derrière les vitres embuées d'un bureau.

La machine rencontra un problème. Une lumière rouge clignota. Des outils à la main, un technicien vint faire quelques réglages.

Elle eut la sensation qu'un employé des pompes funèbres refermait le couvercle de son cercueil et s'apprêtait à le visser. Elle se sentait mal, elle étouffait. Elle essaya de crier, mais aucun son ne sortit de sa bouche. Finalement, elle arracha sa perfusion, jeta loin d'elle le Scotch, les tuyaux et la poche à injection et elle s'enfuit en hurlant comme une folle.

« Ce dont je me souviens, nous dit-elle le soir, après dîner, alors que Bogart nettoyait son fusil et que je faisais mes devoirs, c'est que sans même savoir ce que je faisais, je me suis retrouvée dehors, dans une cour, contre un arbre, à humer l'air à pleines narines, pour en remplir mes poumons. J'étais presque nue, je n'avais gardé que mon soutien-gorge et mon slip. »

Mon père explosa et se mit à hurler.

« Pardon, Bogart. Je sais combien ça a été dur pour toi de trouver trois mille yuans et... »

Avant qu'elle eût terminé sa phrase, il lui donna un coup si violent, si fulgurant, qu'elle tomba par terre et se couvrit, par réflexe, le visage de ses bras. Il prit son arme, la souleva en l'air et, à l'instant où la crosse s'abattait sur la tête de maman, il dut faire des efforts pour ne pas lui réduire le crâne en bouillie. Dans le silence de mort qui emplissait alors la maison, je pouvais l'entendre grincer des dents comme une bête.

« Encore heureux que pour l'examen tu aies gardé un soutien-gorge et un slip. Si tu t'étais montrée à poil en public, je te préviens que je t'aurais collé une balle de fusil. »

Afin de stopper la progression de son empoisonnement au plomb, il ne permit plus à maman de travailler à l'Atelier des Cinq Pins. Une sorte d'autolicenciement provisoire.

Toutefois, son enfermement à domicile, pour injuste qu'il fût, ne nous rassura pas complètement. On devait tout le temps la surveiller du coin de l'œil, car elle était naturellement rebelle et n'avait pas besoin de mobile pour s'insurger.

La moindre de ses absences provoquait un trouble familial et déclenchait immédiatement nos recherches.

Sa vie de femme au foyer fit long feu. Ce fut un échec total. Prenons, par exemple, l'épluchage des pommes de terre : jadis, elle s'acquittait de cette tâche avec plaisir. Quand elle avait enlevé la peau d'une patate, elle en humait la chair blanche et délicate, en découpait une grosse tranche et la dégustait toute crue. À présent, ça ne l'intéressait plus. Elle n'allait plus dans la cuisine, mais restait dans sa chambre, assise sur un fauteuil de plastique rose, les genoux relevés, les bras sur les accoudoirs, les mains jointes.

De même, elle n'aimait plus faire la lessive. Jamais plus je ne la voyais, comme avant, chaque dimanche matin, verser de la poudre dans une bassine, la mélanger à de l'eau chaude et, à l'aide d'un bol en plastique rose, en arroser le linge amoncelé sur les dalles, au bord de l'eau du réservoir, pour faire s'y épanouir des fleurs de savon.

Un dimanche, au début du printemps, deux mois avant sa première consultation médicale, je faisais mes devoirs, sur la caisse qui me servait de bureau, dans la salle à manger. La pièce était assombrie par le linge mouillé, qui séchait sur des cordes tendues d'un mur à l'autre, des slips, tee-shirts, chemises, chaussettes, serviettes de toilette… Dehors, des draps, étendus sur de longues cordes, au bord de l'eau, claquaient dans la brise matinale. Maman faisait du ménage dans la cour, à l'arrière de la maison, le seul endroit qui tenait en échec son sens de la propreté et de l'ordre. Il y avait là deux fours en pierre où l'on faisait la cuisine en été. Le sol était jonché de vaisselle cassée couverte de boue séchée, d'outils agricoles usés, de tuiles cassées, de ciment, de bois pourri et de toute sorte de quincaillerie mangée de rouille. Vers midi, je la rejoignis au premier étage. Accroupie dans le couloir à côté d'un seau rempli d'eau chaude et de détergent, elle semblait se faire un point d'honneur à rendre étincelant le vieux linoléum du couloir. Je pris une brosse, m'agenouillai à côté d'elle et me mis à frotter.

À coups de marteau, Bogart essayait d'aplatir l'armature métallique qui sortait du lino usé, fissuré. Soudain, il lui dit :

« Je ne veux plus que tu fasses la lessive après minuit. Si les gars de la patrouille du camp te voyaient, ils te prendraient pour une folle.

— De quoi tu parles ? lui demanda maman, le visage sombre.

— Je t'ai vue, cette nuit.

— Qu'est-ce que tu as vu ?

— La première fois, quand je me suis réveillé et que je ne t'ai pas vue dans le lit, j'ai cru que tu étais allée aux toilettes. Je me suis rendormi. Mais plus tard, à mon deuxième réveil, ne te voyant toujours pas, je me suis levé. Il n'y avait personne dans les toilettes. Je suis allé en bas. La cuisine était allumée. Mais toujours personne. La porte était entrouverte et par là je t'ai aperçue, assise comme un fantôme, sur une pierre, au bord de l'eau, en train de laver des draps.

— Pas du tout. J'ai fait la lessive avant le dîner, vers cinq heures, pas à minuit. »

Je me souviens encore de la façon dont elle a ri en prononçant cette phrase. Elle regardait son mari, très énervée, cela se voyait. Elle tremblait un peu et le kyste, sur sa nuque, grandit, gonfla, fut parcouru de tressaillements palpables quand elle ajouta :

« Je n'aime pas que tu dises des bêtises. Ce sont vraiment des bêtises ! C'est sûrement dans tes rêves que tu m'as vue laver des draps. »

Bogart se tourna vers moi et me prit par le col :

« Vas-y, hurla-t-il en me secouant, dis-lui la vérité, dis-lui si tu as vu du foutu linge ou des draps, hier soir sur les cordes. »

Je tins bon et ne dis pas un mot en sa faveur, bien que je fusse d'accord avec lui et étonnée par l'attitude de maman : pourquoi niait-elle la réalité ?

Dans les premières semaines de la « retraite anticipée » de maman, Bogart, à la fois maçon et architecte, construisit un appentis derrière la maison et y creusa une fosse à purin pour ses nouveaux locataires : deux petits cochons, nés quinze jours plus tôt, à la porcherie du camp. Face à ces petites vies, maman, nommée par Bogart porchère du réservoir d'eau, retrouva un peu d'animation. Tôt le matin, pour préparer leur nourriture de la journée, elle hachait des légumes qu'elle faisait bouillir dans une grosse marmite en fonte. Puis elle nettoyait, centimètre par centimètre, le sol de la porcherie, avec de l'eau qu'elle allait puiser au réservoir. Elle leur avait donné des petits noms, « le Mandarin » et « la Paysanne », et les emmenait se laver dans l'eau du réservoir, dont le niveau avait baissé à cause de la sécheresse, mais restait encore profond. Elle arrosait leur peau et les brossait jusqu'à ce qu'ils scintillent comme de la soie noire. Mais un jour, alors qu'elle était plongée dans la contemplation de son propre reflet, elle ne vit pas les courtes jambes du Mandarin et de la Paysanne entrer dans l'eau, elle n'entendit ni les pandiculations de leur groin, ni leurs efforts pour se débattre, ni leurs derniers relâchements voluptueux, avant de s'enfoncer dans la boue, au fond du réservoir, où ils se noyèrent.

Ce qu'elle réussissait le mieux, c'étaient les plantes. Outre son ancien parterre, dont les fleurs étaient toujours soignées, et les plantes taillées avec méthode, elle se prit de passion pour la sauge, qui commençait à grandir, et surtout le romarin, conseillé par le pharmacien traditionnel pour sa vertu à renforcer la mémoire.

Contre la façade de la maison, elle créa un petit jardin médicinal qu'elle remplit de branches de romarin.

« Je prie le Ciel et tous les saints de les faire pousser comme des herbes sauvages, grimper sur les murs, couvrir les façades, s'épanouir sous mes fenêtres, embaumer ma chambre et réveiller ma mémoire. »

Un jour qu'elle les arrosait, elle me dit :

« Si je meurs, je veux que tu mettes dans ma main une branche de romarin. »

Malheureusement, la canicule et la sécheresse, qui s'étaient abattues sur l'île de la Noblesse, se prolongèrent. Les poiriers sauvages flétrirent sur les collines, le parterre de ma mère, qui ressemblait jadis à un tapis brodé, était complètement desséché ; au bord du réservoir d'eau, les orties mouraient, les feuilles fanées froufroutaient au vent. Puis la sauge et le romarin succombèrent à leur tour, et un matin, je vis un gros serpent grimper dans son jardin médicinal, se lover dans les feuilles sèches et les enduire de bave et de sucs gastriques.

Au milieu de la nuit, ou peut-être au petit matin, je me réveillai, pour replonger aussitôt dans le sommeil ; du moins, mon corps se rendormit, mais pas mon esprit, car j'entendis des voix. Dans un premier temps, je crus qu'elles venaient du téléviseur que mes parents avaient sans doute oublié d'éteindre, car il me semblait entendre une sorte de crissement, comme une fine pluie de sable courant sur les murs.

Accablée de fatigue, il m'était impossible d'ouvrir les yeux ; pourtant, les voix se firent soudain plus distinctes. Une dizaine d'hommes parlaient en même temps, à voix basse, au rez-de-chaussée. La porte d'entrée claquait au vent. Quelqu'un menaçait mon père de sanction pour quelque chose qu'avait commis ma mère. Il prononça un mot dont le sens m'échappa, mais qui me remplit d'effroi tant par sa sonorité lascive et son sens hermétique que par le ton agressif de l'accusateur.

J'entendis ensuite les pieds nus de ma mère monter l'escalier en courant et disparaître dans sa chambre. La porte se referma. Je me rendormis.

Le lendemain matin, sur le chemin du collège, les voix de la nuit précédente me revinrent à l'esprit. Je m'efforçai de me rappeler le mot que je n'avais pas compris, mais en vain.

En franchissant le seuil du collège, j'eus l'impression, pour la première fois de ma vie, que le monde entier, soit tous les garçons et les filles de mon école, que je les connusse ou non, me regardait de travers, en me croisant dans les couloirs ou les escaliers. Ils semblaient parler de moi entre eux.

Pendant le cours de mathématiques, une boulette de papier circula entre mes camarades. Le message écrit dessus était sans doute d'une drôlerie exceptionnelle, il suffisait de voir leur joie pour l'affirmer. Furieuse d'être exclue de ce jeu collectif, j'essayai de l'attraper au vol. Malheureusement, elle passa au-dessus de ma tête et tomba sur le sol, aux pieds du professeur.

Me prenant pour l'auteur de cette indiscipline, il se mit en colère et m'infligea la punition d'essuyer le tableau noir.

La poudre de craie que souleva la brosse me brouilla la vue.

En attendant que je finisse ma corvée, il se baissa pour ramasser le papier, et quand il le déploya, toute la classe éclata en rires et hurlements de joie ; il y eut même quelques sifflements. Je cessai d'essuyer le tableau et, par-dessus son épaule, je jetai un coup d'œil sur le bout de papier. Il portait un simple dessin. Mon sang battit dans mes veines et mes joues s'enflammèrent de honte quand j'y reconnus le réservoir d'eau, éclairé par la lune, et notre maison, devant laquelle se tenait une femme, nue comme un ver, avec un énorme kyste à la nuque. Une femme que j'identifiai au premier coup d'œil.

« Qu'est-ce que cela signifie ? demanda le professeur.

— C'est la femme du gardien du réservoir », cria un gamin.

Tous les regards convergèrent vers moi et pénétrèrent ma peau comme des lames de couteau.

Un autre ajouta :

« Elle s'est promenée nue, à minuit, et elle s'est fait arrêter par la patrouille du camp. »

Heureusement, la sonnerie retentit. Avant même de savoir ce que je faisais, je me précipitai hors de la salle et courus dans le couloir. Dans l'escalier, des garçons qui revenaient d'un cours de gymnastique, le torse luisant de sueur, me barrèrent le passage. Ce fut l'odeur de la peur que je sentis en premier, quand ils approchèrent de moi comme une horde de bêtes.

« Fous-toi à poil, comme ta pouffiasse de mère !

— Qu'est-ce que tu attends, sale pute ? »

En criant des insultes, ils lancèrent l'un d'eux vers moi, mais il tomba contre le mur et se fit mal. Il se releva, se jeta sur moi et essaya d'arracher ma chemise, les yeux exorbités, la mâchoire crispée. De toutes mes forces, je me débattis, mais un autre garçon fut poussé sur moi et je perdis l'équilibre. Alors, ils resserrèrent le cercle autour de moi, et tous me tripotèrent, en essayant de me déshabiller. Je hurlai. Un professeur qui passait par là me sauva de justesse.

Je me précipitai vers le portail, sortis du collège et courus à en perdre le souffle jusque chez moi. Soudain, la phrase que j'avais entendue la veille me revint à l'esprit : « Attentat à la pudeur. » L'homme, sans doute un membre de la patrouille, avait menacé ma mère de l'accuser de ce crime.

Inutile de le préciser, maman n'était pas là quand j'arrivai à la maison. Ce fut le dernier jour de ma vie de collégienne, et aussi le dernier de ma mère en ce monde, puisqu'on ne la retrouva jamais, malgré la fouille minutieuse des environs par la police et les longues recherches sans fin que nous effectuâmes, Bogart et moi, malgré l'absence d'une véritable piste.

V

Revenons à ce jour d'hiver où je fis un plongeon dans un trou percé dans la glace. Quand Bogart rentra, après avoir touché son salaire à la comptabilité du camp, il me trouva au lit, grelottant sous plusieurs couvertures. Mes pulls, mon caleçon, mes chaussettes, trempés, jonchaient le plancher.

Tout en me reprochant mon manque de concentration et mon étourderie, il alluma un réchaud à gaz pour me faire une tisane de gingembre. Un léger sifflement sortit des buses, le reflet des flammes bleuâtres courut sur la mince couche de verglas qui s'était formée sur mes vêtements mouillés.

La tisane était chaude, parfumée, avec un arrière-goût de terre.

« Papa, dis-je, une copine de mon collège, qui n'est pas de la Ferme de l'Aube, mais habite dans le centre de l'île, m'a invitée à son anniversaire, demain.

— On verra plus tard, si tu as de la fièvre ou pas. »

Il sortit de ma chambre. Je l'entendis descendre l'escalier et s'éloigner. Alors, je glissai ma main sous le lit et tâtonnai dans la poussière, pour m'assurer qu'il était toujours là, mon cartable, dans lequel j'avais caché les deux pièces à conviction – une basket Nike et un fémur – que j'avais repêchées au fond du trou.

Le mystère dont j'entourai ma trouvaille ne relevait pas d'un quelconque complexe, mais de la volonté malicieuse – oui, je l'assume – de confondre un assassin présumé.

À supposer qu'IL eût commis le crime, je faisais remonter mes soupçons à une certaine nuit d'août, une semaine après la disparition de maman.

Il était tard. Bogart, qui croyait que je dormais dans ma chambre, avait ouvert la porte de la maison et était sorti. Par la fenêtre, derrière les rideaux, je l'avais épié. Que pouvait-il bien manigancer sans moi ? Peut-être par souci de ne pas me réveiller, il avait posé tout doucement une chambre à air de tracteur dans l'eau, y était monté avec son fusil et s'était éloigné de la rive.

Soudain, j'avais compris : il était allé revivre sa nuit de noces, celle que maman m'avait racontée. À mes yeux, ce geste sentimental avait fait de lui, mon père, cet homme simple souvent sans tendresse, un héros romantique, mû par un amour sublime.

Au milieu de la chambre à air, sa barque d'amour, le canon glacé de son fusil et la lueur de sa cigarette tantôt s'assombrissaient, tantôt rutilaient, sous la clarté laiteuse que le ciel reflétait dans l'échancrure du réservoir.

Derrière la fenêtre, je m'étais remémoré leur nuit de noces. Il avait donné son vieux fusil à maman, lui avait fait caresser du bout des doigts la fleur de chrysanthème, emblème de l'empereur du Japon gravé sur le canon, « pour réveiller ce vieux monstre ». Leur traversée du réservoir, l'un sur le pneu, l'autre dans l'eau. L'ascension des collines. Le doigt fin de la jeune mariée (un reptile enduisait son romarin desséché de bave et de sucs gastriques) sur la gâchette froide. Le bruit de la déflagration, la fumée, l'odeur de poudre brûlée et, pour finir, les douilles vides, en cuivre jaune, brillant d'un éclat magistral.

Mais alors qu'il s'était arrêté, avant d'atteindre le milieu du réservoir, le héros romantique était retombé, à mes yeux, à son niveau d'homme ordinaire, son aura sentimentale avait disparu, car j'avais compris : son excursion nocturne n'avait rien à voir avec leur nuit de noces.

Avec une sorte de vulgarité et de froideur militaire, il avait soupesé son arme, l'avait examinée, en avait humé la surface polie, s'en était empli les poumons, puis il l'avait prise à deux mains, et avait visé longuement toutes les directions, y compris celle de notre maison, pour ne pas dire celle de ma chambre, comme s'il avait voulu tout faire exploser.

En pensée, il avait sans doute appuyé sur la détente et savouré intérieurement les déflagrations qu'il imaginait déchirer l'air.

En réalité, il n'avait pas mis de balle dans le chargeur ; au contraire, il avait pris soin de décharger son arme. Dans un geste de désespoir, il avait jeté les balles dans l'eau, puis, de toutes ses forces, il avait lancé son fusil en l'air ; il parcourut une longue trajectoire, qui dessina une traînée noire dans le ciel, et finit par sombrer dans une gerbe écumeuse : Bogart avait noyé le vieux monstre.

Pourquoi ne l'avait-il pas jeté près de la rive, vers l'ancien débarcadère ? Pourquoi avait-il choisi l'endroit où l'eau était la plus profonde ?

À compter de ce jour, chaque fois que j'étais seule, je retombais dans l'enfer des hypothèses, le tumulte des soupçons, les horreurs du doute. Jusqu'à supposer que, cette nuit-là, il avait fait disparaître l'arme de son crime.

VI

L'anniversaire d'une prétendue copine de collège n'était qu'un prétexte pour pouvoir m'échapper du réservoir d'eau, quitter la Ferme de l'Aube et dire au revoir à l'île de la Noblesse.

Ou plutôt adieu. Pour toujours.

Quand les lumières de la gare routière s'allumèrent, je courus vers elles, contre le vent terrible, glacial, qui m'envoyait de la neige en pleine figure. J'avais le souffle coupé, pis, j'étouffais littéralement.

Je continuai à haleter longtemps, alors que j'étais installée dans la salle d'attente parmi les voyageurs assis dos à dos sur des sièges en plastique.

Par vagues, des tressaillements ne cessaient de parcourir mon échine, mes dents, mes mains, mes jambes et mon cœur, qui grelottait aussi fort que le reste de mon corps.

J'étais la seule personne à savoir que mon état n'avait rien à voir avec le froid.

Enfin à bord d'un car de nuit jaune, chargé de volailles, de cochons et de voyageurs, dont certains s'accrochaient en grappes à la porte, comme des chenilles à la peau d'une mangue trop mûre, je regardai défiler le paysage nocturne à travers les vitres dentelées de givre : des montagnes de déchets électroniques, couverts de neige. Là encore, je fus la seule à savoir que mon sursaut n'avait rien à voir avec le mauvais état de la route : j'étais encore sous le choc d'avoir envoyé, dans l'après-midi, un paquet au commissariat de police, dans lequel se trouvaient les deux pièces à conviction du crime, une basket et un fémur, l'indication du lieu et des conditions dans lesquelles j'avais fait leur découverte, et le nom de l'assassin présumé : Bogart.

Quelques jours plus tard, à Chengdu, capitale de la province du Sichuan, je trouvai mon premier emploi : vendeuse dans une boutique de DVD piratés. À l'heure du déjeuner, dans un restaurant de nouilles, je pensai à lui, mon père, pour la première fois depuis mon départ. Quelques minutes plus tard, quand je revins dans la boutique, je remarquai un journal laissé sur le banc, sans doute par un client. Je le pris pour le mettre de côté quand, soudain, mes yeux tombèrent sur la page des faits divers, où un article relatait que, au bout de cinq mois, le réservoir d'eau de la Ferme de l'Aube, sur l'île de la Noblesse, venait de livrer son secret, concernant la disparition de la femme du gardien. Voilà donc comment deux pièces à conviction étaient sorties de la glace, pour tomber entre les mains des enquêteurs, accusant le gardien d'assassinat. Au cours de son arrestation par la police, ce dernier avait pris la fuite et s'était réfugié dans les combles de sa maison, où il avait fait un faux pas et chuté d'une poutre. Il était mort quelques heures plus tard, à l'hôpital de l'île.

VII

Après deux ans de bons et loyaux services, je perdis mon travail. Pourtant riche de connaissances cinématographiques, grâce aux films piratés du monde entier que j'avais visionnés, mon pauvre compte en banque ne me permit plus de garder mon studio, et comme je n'avais nulle autre part où aller, je me repliai provisoirement chez ma grand-mère, qui, après le décès de mon père, avait maintenu le contact avec moi, par téléphone.

Comme elle n'habitait pas très loin du réservoir de la Ferme de l'Aube, je décidai de faire un tour sur les lieux de mon enfance.

De loin, rien n'avait changé. Ni le chemin, ni l'odeur de l'eau profonde, ni les gros blocs de pierre des murs de retenue, encore moins notre maison. Je m'en suis approchée, et de près j'ai découvert, à ma grande surprise, que la porte n'était pas fermée et qu'un trousseau de clés était accroché au loquet.

Je suis entrée. À première vue, il n'y avait pas de grand changement dans la salle à manger, au rez-de-chaussée. À pas lents, j'ai monté l'escalier. La chambre de mes parents était ouverte. À contrecœur, en retenant ma respiration, j'y ai jeté un coup d'œil. Face à la fenêtre, une femme était assise dans le fauteuil en plastique rose. Elle me tournait le dos.

Une association d'images m'a frappée, mais, sur l'instant, je n'ai pas réussi à me rappeler – quel trouble ! C'était dans quel film ? Je l'avais pourtant déjà vue cette pose célèbre : une vieille femme de dos, les coudes sur les bras d'un fauteuil.

Le dos de la femme, l'arrondi de ses épaules m'étaient familiers.

« Calme-toi, je me suis dit, encore une résurrection imaginaire ! » (Certes, sa mort étant demeurée mystérieuse, et son cadavre n'ayant jamais été retrouvé, elle n'avait cessé de mourir un grand nombre de morts, dans ma pensée, et de subir un grand nombre de résurrections.)

J'ai fait quelques pas, et là, c'est sa nuque qui m'a saisie. Une nuque sur laquelle il y avait un kyste, une petite bosse lisse, grosse comme un œuf de moineau, qui m'a fait venir les larmes aux yeux.

Elle s'est retournée avec lenteur. Un à un, j'ai reconnu tous les traits de son visage… Simultanément, ou presque, sans autre sollicitation, je me suis rappelé cette pose cinématographique qui n'avait pu me revenir à l'esprit tout à l'heure. Bien entendu ! C'était la pose d'Anthony Perkins, coiffé de la perruque de sa mère, à la fin de *Psychose* d'Alfred Hitchcock.

Maman était revenue.

Le jour où elle avait disparu, elle s'était perdue au centre de l'île. Elle ne savait plus comment elle était partie, encore moins comment elle était arrivée dans une autre province, celle du Shandong, à deux mille kilomètres de la nôtre. Cette nouvelle terre l'avait accueillie en son sein. Elle y avait épousé un homme et accouché d'un enfant, une fille.

Le jour de son accouchement, comme en écho à la venue de ce nouveau-né, elle s'était souvenue qu'ailleurs elle avait une autre fille. Puis, un jour qu'elle était passée devant une pinède, le nom de son ancien atelier lui était revenu en mémoire ; il était à cinq kilomètres du réservoir d'eau, un trajet de dix minutes à vélo et d'une demi-heure à pied. Au bout d'un mois d'efforts, elle avait retrouvé le nom de Bogart.

Les baskets blanches qu'elle portait, vieilles, sales, boueuses, sur lesquelles on reconnaissait à peine l'emblème de Nike, témoignaient de son long voyage de deux mille kilomètres, et mettaient à jour la fausse piste lancée par une autre basket, trouvée sous la glace, qui devait être conservée dans la cave du commissariat, où elle allait pourrir peu à peu.

LE CUIRASSÉ QUI PASSE À TRAVERS LES MONTAGNES

I

Voilà. Cette nuit-là, dans une échoppe séculaire, le manche en bois d'un marteau luisait du même bon air que l'enclume, les tenailles, le grand soufflet noir, tout. Il était déjà tard, environ dix heures du soir, les rideaux métalliques étaient baissés. Pas un bruit extérieur ne pénétrait, ni Klaxon de voiture ni aboiements de chiens. Le marteau levé tapa sur l'enclume et, d'un coup, fit jaillir un brasillement d'étincelles, par quoi toute la forge sembla s'éclairer. La silhouette d'une femme se découpa dans l'obscurité comme une estampe aux contours précis : elle était petite, un énorme chignon frémissait sur sa nuque, elle portait une salopette élimée. Elle paraissait jeune, trente ans tout au plus, quand elle frappait à tour de bras (qu'elle avait nus) sur l'enclume ; mais on lui donnait la cinquantaine quand elle attendait que le charbon fût réduit en braises, et elle contemplait le feu en poussant des soupirs. La forge était éventée à la main, par un gamin. En fait, ce n'était presque plus un gamin, il devait avoir seize ans, c'était son fils cadet, aux joues glabres de l'innocence incarnée. Aussi discrète que fût sa présence, elle complétait le décor. À mieux le regarder, on constatait que chaque coup de marteau le faisait frissonner : alors, il s'accroupissait, se rencognait, comme pour rentrer dans le noir soufflet.

La fumée voilait avec douceur les petits cercles rouges que les coups du marteau façonnaient sur l'enclume. On eût dit des bracelets de verre, ramollis par les flammes ; chacun ressemblait à un soleil nocturne, presque visqueux.

« Un, deux, trois... »

Elle les compta l'un après l'autre.

« Ça doit suffire, marmonna le fils cadet.

— Qu'est-ce que tu en sais ? », répondit la mère.

De nouveau, il se pelotonna, les genoux repliés dans ses bras ; il regarda sa mère poser le marteau, saisir une pince, un gros tournevis, et se diriger vers la fenêtre. Il perçut le fracas des rideaux métalliques qui se soulevaient, puis entendit sa mère arracher sans hésitation une des deux barres transversales qui protégeaient la fenêtre.

Lorsque la barre fut devenue blanche, elle la saisit entre de grandes tenailles et la porta, d'un geste ample, sur l'enclume, où, à coups de marteau, elle la fractionna en bouts réguliers. De nouveau, des éclaboussements d'étincelles fusèrent ; de nouveau, de petits soleils nocturnes rayonnèrent ; de nouveau, elle les compta. Il y en avait vingt au total.

À force de martèlements, les disques rouges s'amollirent, s'étirèrent, se tordirent, se transformèrent en anneaux et formèrent finalement une chaîne d'un mètre de long.

Elle inspecta chaque maillon, chaque soudure, avant de la tremper dans l'eau. C'était la première chaîne qu'elle faisait de sa main. Depuis longtemps, elle n'exerçait plus le métier de son mari décédé – leur fils cadet avait alors six ans –, ce métier de forgeron qui se transmettait dans la famille de génération en génération, mais qui n'avait pas tenu ses promesses. La situation s'était rapidement dégradée depuis que leur région, l'île de la Noblesse, s'était convertie au recyclage des déchets électroniques. Comme il n'était plus possible de cultiver du riz et qu'aucun légume digne de ce nom ne poussait plus sur l'île, elle n'avait plus vendu ni pioches, ni fourches, pelles, dents de râteau, soc de charrue, et tout autre instrument aratoire.

(Soit dit en passant, elle était réputée pour sa lenteur, qui, à en croire sa devise, produisait seule des ouvrages parfaits ; un soc de charrue lui prenait deux jours, mais alors, quel soc ! – le fils cadet s'en souvenait encore – aiguisé comme un couteau, tranchant et lisse. En passant la main dessus, on aurait cru toucher le flanc d'un pur-sang, marqué au fer rouge de la signature ancestrale de la famille : le sceau de la forge des Wang.)

Pourtant, dans la nouvelle ère du capitalisme, la forge de la famille Wang était bel et bien fermée. Dans l'ancien hangar, la mère avait laissé rouiller daviers, écrevisses, croches, châsses, étampes, gouges, mandrins, matrices, pinces, poinçons, tenailles et marteaux, à présent couverts de toiles d'araignée et de poussière ; l'enclume, qu'elle n'avait pu sortir de l'échoppe à cause de sa taille massive, elle l'avait transformée en établi, où elle travaillait, jour et nuit, à recycler des déchets électroniques, pour récupérer le cuivre, l'alumine, l'étain, l'or, les résistances, les transistors, les tubes cathodiques... dans les circuits intégrés des ordinateurs, des magnétoscopes, des magnétophones, des distributeurs automatiques de préservatifs ou de mouchoirs en papier, des radars, des kinéscopes, des télécommandes, des appareils de contrôle, des équipements de transmission, de fuselage, de propulsion, de direction, de guidage au sol... Son dernier ouvrage remontait à quelques années : un couteau de cuisine qu'elle avait forgé pour son usage personnel.

Elle semblait rêveuse, face à la chaîne de fer, dont chaque détail témoignait impitoyablement de son manque de pratique et d'expérience ; aucun anneau n'avait le même calibre, aucun n'avait la forme d'un cercle parfait, c'étaient plutôt des ovales inégaux, dont certains présentaient de curieux évasements, des constrictions ou des renflements injustifiés.

De manière presque obsessionnelle, elle vérifia, à plusieurs reprises, les jointures de chaque maillon.

« Va chercher de l'eau dans le puits », dit-elle.

Comme n'importe quel puits, celui qui se trouvait au milieu de leur cour était pourvu d'un couvercle et d'une poulie, mais son eau était polluée depuis longtemps. Impossible de la boire ni de l'utiliser, sauf pour des travaux de ce genre. Le fils cadet se leva, prit un seau dans un coin, se dirigea vers le fond de l'échoppe et ouvrit la porte qui donnait sur la cour.

Mais il hésita et revint vers sa mère.

« Tu as peur ? demanda-t-elle.

— Un peu.

— Il dort.

— Peut-être.

— Pourquoi peut-être ? »

Elle prit le seau de la main de son fils, mais, avant d'atteindre la porte, elle revint elle aussi sur ses pas.

« Tant pis ! » dit-elle en passant devant la photo de son mari défunt, un cliché noir et blanc des années quatre-vingt, le portrait en pied d'un jeune forgeron. Un homme heureux, qui portait un tablier de cuir marqué du nom de sa collectivité socialiste.

« Tu nous pardonneras ce petit gaspillage. »

Sur l'établi, parmi tout un bazar, elle attrapa un gros bidon et remplit le seau d'une eau propre, potable, vendue très cher par des marchands qui en apportaient tous les jours de loin. La chaîne en fer était encore brûlante quand elle la plongea dans le seau. Le fils cadet frissonna de nouveau en entendant la chaîne siffler au contact de l'eau, tandis que la buée blanche qui s'en échappa lui voilait la vue. Le sifflement d'une vipère dans son trou, aigu, terrible. Quand la chaîne toucha le fond du seau, les maillons s'entrechoquèrent avec un bruit mat, pesant, lourd de menace.

Le brouillard de la nuit imprégnait la cour carrée de fraîcheur, le vent faisait frissonner la poulie du puits, dressée au-dessus des téléviseurs abandonnés qui s'entassaient sur la margelle. À quelques mètres, il y avait un orme. Jadis, ce grand arbre aux branches noires, recouvertes de mousse épaisse, apaisante, était convoité par les pêcheurs de l'île pour en faire des coques de bateau, car l'orme résiste bien à l'eau. Mais, depuis quelques années, l'arbre s'était nourri de l'eau corrompue par les déchets électroniques, et leur toxicité lui avait été fatale.

Un homme nu, les yeux bandés, bâillonné, y était attaché par trois grosses cordes. La première, qui ligotait son corps, une corde de chanvre arrachée à la poulie du puits, était imbibée d'eau noire et dégageait une forte odeur de vase.

La deuxième, qui entravait ses pieds, provenait de la porcherie située sur le flanc gauche de la cour ; c'était une grosse corde de paille, au tressage serré, compact. Elle avait servi, pendant des années, à attacher les cochons, qui y avaient laissé, d'un bout à l'autre, souillures, urine et excréments.

La troisième, un câble d'appareil électronique, liait les mains du prisonnier, de manière qu'il pût fumer, boire ou manger si on lui enlevait son bâillon.

Il devait avoir une vingtaine d'années, à en juger par ses muscles noueux et sa carrure robuste, car il était entièrement nu, à l'exception de la cravate noire, souillée d'un archipel de taches de sueur et de sel, qui servait à l'aveugler.

Le faisceau de la torche électrique que tenait le fils cadet éclairait les pieds de l'homme ligoté, apparemment endormi. La mère, d'un geste habile, remplaçait la corde – l'opération était presque finie – par la chaîne en fer qui, à peine sortie de la forge, était encore tiède.

La porte arrière de l'échoppe s'ouvrait et claquait dans le vent, la fenêtre de la maison grinçait au fond de la cour.

Le fils cadet était tendu, la sueur trempait ses vêtements. Il semblait prêt à tourner les talons pour prendre le large. Un mouvement de l'homme, dans son sommeil, le fit sursauter. En frissonnant, il s'écarta.

Scintillements de la chaîne en fer, pétillements de la lumière de la torche sur les maillons. Le remplacement s'achevait. Ne restait plus qu'à cadenasser la chaîne. Dans quelques secondes, on pourrait le débarrasser des dispositions prises par la police, dans l'après-midi, après son arrestation : la corde qui le ligotait à l'arbre, les câbles qui liaient ses poignets, la cravate qui bandait ses yeux, le bâillon qui obstruait sa bouche, car la chaîne suffirait à entraver tous ses mouvements.

De la poche de sa salopette la mère sortit un cadenas, fermé depuis la nuit des temps.

Heureusement, elle en avait retrouvé la clé. Le fils cadet, trop tendu pour regarder, entendit le bruit de la clé dans la serrure, mais le déclic tarda à venir.

C'était un cadenas ordinaire, dont une extrémité de l'arceau tournait sur une charnière, et l'autre était traversée par le pêne. Durant une éternité, celui-ci refusa de céder.

L'homme ligoté restait immobile, comme intégré dans l'écorce de l'orme. Son râle s'était tu. Était-il réveillé ? Impossible de le savoir, à cause de ses yeux bandés.

Changement de rôle.

La mère tenait la torche et dirigeait le faisceau vers le cadenas. La clé était dans la main du fils cadet. Une main hésitante, tâtonnante.

Comme jamais dans sa vie, il ressentit à la poitrine une douleur qui secoua ses flancs maigres à les faire éclater. La clé lui échappa, tomba par terre et rebondit.

Le souffle de l'homme ligoté était vif, léger, proche de l'éveil.

De nouveau, le cadet glissa la clé dans la serrure. Il ressentit des picotements à la tête et ses doigts étaient gourds. Un ressort invisible, caché au fond du mécanisme, résistait. Il tourna légèrement la clé, puis encore et encore, jusqu'au millimètre de trop : le mécanisme se bloqua.

Il essaya une nouvelle fois, mais la rotation fut alors trop douce, les goupilles n'accrochèrent pas.

Sa poitrine était trempée comme un étang en période de dégel. Il ferma les yeux, pria en silence.

« Aidez-moi, s'il vous plaît, dites-moi votre secret. »

Comme si elles avaient entendu ses paroles, les goupilles communiquèrent enfin avec lui. Il sentit la clé vibrer au bout de ses doigts. Il trembla et n'osa ouvrir les yeux.

Il sentait qu'il étouffait, étranglé par deux mains vigoureuses imprégnées de trop d'odeurs.

La vision de ces mains meurtrières, qui n'était que pure hallucination, s'évanouit quand il entendit un déclic, doux comme un murmure, et que le cadenas s'ouvrit brusquement.

La piqûre administrée par un médecin au bras de l'homme ligoté, quelques heures auparavant, faisait encore son effet, permettant à la mère et au fils cadet de le transporter jusqu'au fond de la cour, dans une remise à outils, dressée sur le sol battu, sec et dur, dont la moitié était occupée par les trois cochons de la maison.

« C'est une dose à faire dormir un buffle. » La voix du médecin, qui brandissait la seringue, retentit de nouveau aux oreilles du fils cadet.

(Le diagnostic du médecin était formel : l'aliénation mentale dont souffrait l'homme ligoté était la conséquence d'un empoisonnement dû aux déchets électroniques. Le résultat des analyses de sang, qui montrait que le taux de plomb, mercure, argent, cobalt... dépassait largement, dans son organisme, les limites acceptables, lui donnait raison.)

« Je vous préviens, avait-il conclu ce jour-là, ce sera ma dernière intervention. C'est fini. Je ne peux pas entretenir éternellement, à coups de piqûres, le cerveau défaillant d'un malade dangereux qui agresse des femmes, brûle des maisons, pousse des hurlements et ne reconnaît pas même sa propre mère. Ce qu'il lui faut, je le répète, c'est une hospitalisation, mais ça coûte au moins cent mille yuans par an. Et comme vous êtes si pauvres que vous n'avez même pas les moyens de vous payer une assurance maladie, alors tant pis, oubliez-le ! »

II

Comme on le constatera plus tard, les gens avaient enterré un peu trop vite cette famille. C'était oublier que la chance a tendance à ressurgir inopinément après une longue absence.

Aussi incroyable que cela pût paraître, cet automne-là, tout un village, l'un des quarante villages de l'île de la Noblesse, envia à la veuve du forgeron son fils cadet : il était le seul à avoir réussi, depuis une décennie, à entrer dans une université digne de ce nom. Même si, de l'avis des jaloux, la discipline était peu rentable, le département des beaux-arts de cette université lui avait tout de même ouvert ses portes. De plus, il bénéficiait d'une bourse, attribuée par l'établissement aux jeunes issus de familles pauvres (c'était certes une bourse modeste, qui suffisait tout juste à payer les études, le logement et la nourriture de la cantine, mais elle n'en était pas moins synonyme d'études gratuites).

Tout cela grâce à un petit dessin – ou plutôt une esquisse –, qu'il avait réalisé au cours de l'épreuve dite « d'improvisation ». Bien qu'il n'eût guère de technique ou de virtuosité, il était parvenu – force était de le reconnaître – à ébaucher une scène de nuit poignante : une cour imprégnée de brouillard, la poulie d'un puits, la silhouette sombre d'un grand orme et une maison basse constituaient le décor. Un garçon de dos, figure floue, presque sans substance, tenait une torche électrique, dont le faisceau, perçant la brume, était braqué sur un homme nu, les yeux bandés, bâillonné, ligoté à l'arbre par une grosse corde.

Le titre de ce dessin d'improvisation était : « Mon frère est malade. »

Tout au long de l'année scolaire, le fils cadet (curieusement, ce surnom le poursuivit jusque sur le campus de l'université, à plus de mille kilomètres de chez lui) ne connut pas de réel épanouissement artistique, du moins au cours des deux premiers semestres. Enfermé comme il l'avait été jusqu'alors dans les déchets électroniques, il peinait à avancer vers de nouveaux horizons. Aucun cours, qu'il fût de dessin, de perspective, de peinture chinoise ou de calligraphie, ne l'ouvrait à de nouvelles aventures. En revanche, il se sentait dans son monde à la bibliothèque de l'institut de médecine, où il se plongeait, non dans des manuels d'anatomie, mais dans des livres spécialisés sur les produits industriels, les intoxications chimiques… Peu à peu naquit dans sa tête une sorte d'hôpital imaginaire, où son frère côtoyait les ouvriers des mines de fer et d'amiante, dont les poumons, détruits par la silice, éclataient ; ceux des gisements de smithsonite, de sidérite, de dolomite ou de rhodite, dont les voies urinaires étaient bouchées par le calcium et la vessie fossilisée ; ceux des cristalleries, qui souffraient de troubles de la vision ou de cécité, et même des dentistes qui, au contact du mercure qu'ils utilisaient dans les amalgames, perdaient leurs dents, leurs cheveux, l'ouïe, et enfin la raison... Un univers à part, peuplé d'illustres créateurs, comme Goya, qui, victime du plomb et du blanc de céruse contenus dans sa peinture, ne pouvait plus distinguer les couleurs et était condamné à travailler en noir et blanc ; comme Beethoven, qui, devenu sourd par empoisonnement au mercure, avait créé des œuvres musicales dans un silence de mort, sans les avoir jamais entendues de ses propres oreilles ; comme ce grand photographe des années trente qui avait absorbé tant d'argent qu'il était lui-même devenu une sorte de plaque photographique, dont les avant-bras bleuissaient sous la lumière intense, comme du papier photo lors du processus de développement ; comme le chapelier d'*Alice au pays des merveilles*, qui, à force de travailler à mordancer les poils de lapin avec du nitrate mercureux pour en faire des chapeaux...

Certes, il existait encore peu d'ouvrages traitant de cas d'empoisonnement par des déchets électroniques, mais certains rapports, parus dans des revues spécialisées, prouvaient que, dans un téléviseur, le tube cathodique, le circuit intégré et le boîtier en plastique étaient tous toxiques. Quant aux ordinateurs, c'était pire : la fabrication d'un seul de ces engins nécessitait plus de sept cents matières chimiques, pour la moitié empoisonnantes, et un moniteur contenait à lui seul plus d'un kilo de plomb. Difficile de mesurer, chez les ouvriers qui recyclaient ces déchets, l'intoxication par étain, plomb, béryllium, cuivre, cadmium ou mercure ; cela dépendait des conditions dans lesquelles le malade avait été intoxiqué, ordinairement par les voies respiratoires ou le contact physique. Étant donné que, chez son frère, le processus d'intoxication par les déchets électroniques durait depuis dix ans, il comprenait que, théoriquement, celui-ci n'avait aucune chance – strictement aucune – de s'en sortir.

Le facteur décisif qui lui permit de ne pas sombrer dans un profond abattement fut l'amitié d'un jeune jardinier, à la fois bègue et poète, le seul ami auprès de qui il se sentait moins accablé.

Dire de cet ami qu'il était jardinier, c'est une façon de parler, car il n'y avait pas vraiment de jardin dans l'université, hormis le campus, cet immense jardin où l'on cultivait les jeunes socialistes chinois, parmi lesquels une équipe, dévolue aux « travaux verts », plantait des arbres partout.

Sans aucun doute, ce poète bègue était le plus « branché » de tous les jeunes ouvriers, avec ses cheveux longs qui ondulaient sur ses épaules et sa combinaison rouge à pattes d'éléphant, toujours impeccable – et non pas la salopette grise et graisseuse de ses collègues –, dont les doubles surpiqûres étaient souvent un sujet de discussion entre les étudiantes qui faisaient la queue à la cantine.

Entre autres similitudes, le jardinier était comme lui un fils cadet (son frère aîné étudiait au Japon). Comme lui, il n'avait plus de père, seulement une mère, qui enseignait le japonais à l'université, et avec qui il partageait un appartement, au deuxième étage d'une maison en bois. Devant, il y avait un grand arbre (comme chez lui, mais ici, c'était un ginkgo, non un orme), sous lequel ils s'asseyaient, les nuits d'été, devant une table ronde, pour fumer, boire, bavarder sur n'importe quel sujet. De temps à autre, le jardinier lui faisait lire un de ses poèmes, le souffle retenu, le regard détourné, soucieux de sa réaction. Après minuit, ils se douchaient, en slip, sous l'unique robinet de la cour, qui évoquait la poulie d'un certain puits. Puis ils remontaient dans la chambre du jardinier, et, tous deux allongés sur son lit, ils continuaient à parler d'Eliot, de Rilke, de Saint-John Perse, de Valéry… Privilège de la jeunesse, chaque semaine, sinon tous les deux jours, ils découvraient un nouveau dieu au panthéon de la Littérature.

Une nuit d'orage, vers deux heures du matin, le fils cadet se réveilla, pour une raison qu'il ignorait, à côté de son ami ivre, qui dormait. Des gouttes d'eau, accrochées au bord de la fenêtre, attirèrent son regard : sous l'éclairage du lampadaire, elles ressemblaient à de minuscules planètes en verre. Il les contempla un moment, puis il se leva sur la pointe des pieds pour s'en rapprocher, persuadé de voir son reflet dans chacune d'elles. Soudain, il s'immobilisa, arrêté par le bruit d'une éponge, ou plutôt d'une serviette, qu'on trempait dans l'eau de la bassine en fer – une sonorité dont l'écho lui rappelait une autre bassine en fer, celle de sa maison, sur l'île de la Noblesse, l'ouvrage de son père, qu'il considérait comme un patrimoine familial.

Comme tiré par une main invisible, il revint sur ses pas et, à tâtons dans la pénombre, il tira de dessous le lit son carton à dessin, auquel il n'avait pas touché depuis plusieurs semaines.

Pour ne pas réveiller son ami, il se réfugia dans la cuisine. À peine eut-il taillé un premier fusain (il en avait une demi-douzaine, confectionnés dans du bois de saule brûlé), il commença à dessiner, de crainte que l'image surgie devant ses yeux ne s'évanouît, que cette scène du passé ne disparût pour toujours. Sur le papier épais comme du cuir apparut un premier trait, une première courbe, celle d'un doigt plié, mouillé, au bout duquel il fixa, en quelques coups de crayon, un ongle rongé, abîmé, taché de crasse noire. La main tenait une serviette imbibée d'eau. Il n'avait pas l'habitude de débuter un dessin par une main.

Il travailla durant quatre heures. La lumière du matin n'avait pas encore percé. Quand il eut terminé, il revint dans la chambre, épuisé. Le jardinier dormait encore. Il le poussa vers le mur pour pouvoir s'allonger.

Son ami ouvrit les yeux.

« Il s'est passé quelque chose », lui chuchota le fils cadet.

Le jardinier sursauta.

« Un a-a-accident ?

— Va voir dans la cuisine. »

Quelques minutes plus tard, le jardinier n'étant toujours pas revenu, le fils cadet le rejoignit.

Les rideaux de la fenêtre étaient tirés ; dehors, le soleil faisait une timide apparition. Sur la table, l'aurore caressait un dessin, duquel le jardinier ne pouvait détacher son regard.

« Sau-sauvés, marmonna-t-il. On est sauvés.

— Sauvés, répéta le fils cadet.

— Toi, Dieu t'a élu artiste. »

Après un silence, il demanda :

« Comment il s'intitule ?

— *Ma mère*.

— C'est ta mère ?

— Chaque soir, dans une baraque comme celle-là, c'est ainsi qu'elle lave mon frère aîné. »

Il n'était plus lié par des cordes, une cravate noire ne bandait plus ses yeux, sa bouche n'était plus bâillonnée, mais, nu comme un ver, la tête baissée, il était accroupi, rencogné, comme pour rentrer en lui-même, se rétrécir, se libérer enfin de la chaîne en fer qui attachait ses pieds, sur les maillons de laquelle luisait le reflet dur, angulaire, de gouttes d'eau scintillantes, telles de minuscules planètes en verre.

« Pou-pourquoi ces trois cochons qui se détachent de l'arrière-plan de la baraque ? demanda le jardinier, fasciné.

— La moitié de cette baraque, c'est une porcherie.

— Tu devrais appeler ton dessin : *la Vierge chinoise*. »

Cette phrase, il la prononça sans le moindre bégaiement.

Dans l'hiver, la mère du jardinier partit au Japon, laissant le champ libre à l'ami de son fils, qui, aux rares moments de loisir dont il disposait en dehors de ses cours à l'institut et de son service nocturne dans un restaurant, retravailla « la Vierge chinoise » avec un perfectionnisme avéré, dans la cuisine où l'œuvre avait vu le jour.

Son crayonnage violent et sa manie d'effacer continuellement ce qu'il faisait nécessitaient une telle quantité de fusains que le linoléum de la cuisine, et bientôt du couloir, se couvrit d'une fine pellicule noire, un peu grasse, que l'humidité de l'air rendait légèrement collante.

Même le jardinier, qui, souvent en proie aux scrupules dans ses propres créations, couvrait les brouillons de ses poèmes de tant d'ajouts qu'ils en étaient illisibles, pour en rayer ensuite des pages entières, sinon la majeure partie, resta sans voix quand, un matin, il trouva son ami dans la cuisine, endormi contre le frigo, à côté de son dessin ; « la Vierge chinoise » n'avait plus ni tête ni corps ; c'était seulement une main, qui tenait une serviette mouillée.

Seule cette main, comme une relique, avait échappé aux coups de gomme impitoyables, au chiffon fatal, aux destructions successives de son créateur, comme en témoignait le fond embrouillé du dessin.

De même que la main, comme rescapée des cendres d'une bataille mentale, la chaîne de fer avait survécu au prisonnier, qui avait lui aussi été totalement effacé, pour mieux continuer à hanter sans fin l'esprit de son auteur.

« Qu'est-ce qui s'est passé ? » lui demanda le jardinier.

Le fils cadet travaillait plusieurs heures par jour comme aide-cuisinier dans un restaurant, afin de ne pas arriver les mains vides quand il reviendrait fêter le Nouvel An avec sa famille, dans l'île de la Noblesse.

Bien des années plus tard, la manivelle d'une caméra à la main, le jardinier, étant devenu réalisateur, devait se rappeler ce restaurant que son ami lui décrivit : il se trouvait au bord du fameux fleuve de la Soie, tant chanté par des poètes de la dynastie des Tang. Une lampe de faible puissance illuminait le quai. Un cyclo-pousse s'approcha, mais le visage du conducteur resta dans l'ombre.

(Une voix : D'où venez-vous ? Lui : De la colline du Haricot Vert. C'est pour la livraison du cinquième étage.)

La grille s'ouvrit. Il entra et traversa un parking, au fond duquel, devant le restaurant, deux hommes l'attendaient. Il gara son cyclo-pousse et en sortit une cage que dissimulait une bâche noire.

(Vous prenez le couloir de droite, vous tournez à droite, vous prenez l'escalier de droite ; à chaque étage, vous tournez à droite et vous prenez un autre escalier, toujours à droite.)

Quelques minutes plus tard, la cage arriva au cinquième étage. Dans la cuisine, le livreur souleva la housse noire, et apparut un curieux animal – pour ne pas dire un monstre – d'une cinquantaine de centimètres, court sur pattes, le corps, y compris les pattes, entièrement couvert de grosses écailles triangulaires, striées, ternes, qui se chevauchaient par endroits, comme les tuiles d'un toit, et formaient une véritable cuirasse. La tête, petite et allongée, ressemblait à celle d'un boa, avec ses yeux minuscules.

(D'une boîte le livreur sortit des fourmis et les mit dans une assiette, devant l'animal, qui les enduisit immédiatement de bave, comme un reptile le fait de ses proies.)

Ses armes les plus redoutables étaient les fortes griffes qui brillaient au bout de ses doigts. (Normalement, il en avait cinq à chaque patte ; mais le fils cadet, au cours de sa brève carrière d'aide de cuisine, en avait seulement vu à trois doigts.) Ces griffes, robustes, d'une longueur exagérée, lui servaient à éventrer les termitières ou à creuser de longs tunnels dans la montagne, d'où son nom chinois : « le cuirassé qui passe à travers les montagnes ». Scientifiquement, on l'appelait pangolin.

Immédiatement, le chef téléphona à un riche client qui avait réservé depuis longtemps cette livraison spéciale et était tellement impatient de la déguster qu'il ne voulut pas attendre le lendemain mais exigea qu'on la lui cuisine sur l'heure.

À en croire *L'Encyclopédie*, des sept espèces de pangolins répertoriées dans le monde, quatre peuplent l'Afrique et les trois autres se rencontrent en Inde, Malaisie, Birmanie et Chine du Sud.

Les spécimens chinois ayant presque tous été exterminés, ceux qui avaient survécu aux massacres étaient considérés par le gouvernement comme des animaux protégés, qu'il était interdit de tuer.

Il serait impossible de comprendre l'extinction de cette espèce sans rendre compte d'une particularité poétique de la médecine chinoise : par exemple, si les chauves-souris volent dans le noir, on peut être certain que leurs fientes guériront la cécité humaine ; puisque le concombre de mer ressemble à un phallus, on affirme qu'il est aphrodisiaque et que, s'il en consomme, l'homme obtiendra un sexe d'une taille aussi pharaonique que l'est cette plante aquatique. Dans le cas du pangolin, c'est sa capacité à creuser dans la montagne qui fascine les Chinois. Et qu'est-ce qui ressemble plus à une montagne percée de grottes profondes, de ravins sombres, sinon un corps de femme ? Ainsi, manger sa chair est l'assurance de pouvoir pénétrer, aussi profondément qu'un pangolin, les mystérieux tunnels féminins.

D'habitude, le travail du fils cadet, dans la cuisine, consistait à ôter les écailles du pangolin mort avec un couteau, les poils de son dos et de son abdomen avec des pinces, et à le laver à l'eau chaude.

Le droit de tuer le pangolin était attribué à un autre aide-cuisinier, qui devait ce privilège à son ancienneté. C'était un homme d'une quarantaine d'années, un barbu fort en taille et en bras, qui aimait le travail bien fait et admirait, à chaque exécution, la rapidité de sa frappe : nette, propre, sans bavure. Il détestait les gestes superflus et ne brandissait jamais son couteau, pour le seul plaisir d'en contempler la lame étincelante. Un cure-dents entre les lèvres, il faisait l'affaire du pangolin d'un seul coup de croc sur le crâne : la bête s'écroulait, et avant même qu'elle eût compris ce qui lui arrivait, le couteau du barbu lui avait tranché la gorge, sa tête tombait sur le carrelage et son sang coulait dans un bol de porcelaine.

Cette nuit-là, la vie voulut qu'il en fût autrement. Dès sa sortie de la cage, avertie par son odorat développé, la bête sentit le danger et prit une position de défense ; elle s'enroula sur elle-même et sa tête, son tronc, ses pattes, ses griffes redoutables disparurent sous une énorme boule, dans une absolue immobilité.

À première vue, il faisait penser à un hérisson, tel que nous en croisons la nuit sur les routes ; mais, à y regarder de plus près, on avait devant soi un être en guerre, qui présentait de tous côtés des armes défensives, ses écailles triangulaires, tassées par la peur, légèrement tremblantes.

Le commis de cuisine, expérimenté, ne sembla pas décontenancé par cette boule si hermétiquement fermée qu'elle ne présentait aucune faille où planter un couteau ou un croc.

Le cure-dents coincé dans la bouche, il éteignit la lumière, ce dont personne ne s'étonna, car chacun savait que, dans la journée, le pangolin s'enroulait sur lui-même, au fond d'un terrier, et ne se déroulait qu'à la nuit tombée.

Mais celui-là, pour une raison qu'on ignorait, résista à la tentation des ténèbres et refusa de se déployer.

Surpris par son échec, l'aide-cuisinier décida de le noyer. Il le prit dans ses mains, se dirigea vers un évier rempli d'eau et le plongea dedans. On n'entendit que la respiration des hommes rassemblés autour de l'évier et l'explosion des bulles d'air qui remontaient du fond. La bête résistait. On eût dit qu'elle s'amusait. Elle bougeait légèrement ; les vaguelettes éclairaient d'une lueur mystérieuse son épaisse cuirasse, sur laquelle couraient, presque imperceptibles, des frissons d'or, de nacre et d'émeraude.

Les voitures du riche client et de ses invités arrivèrent. On entendit des crissements de freins, des claquements de portières, des rires, des voix, des pas joyeux.

L'aide-cuisinier ne s'avoua pas vaincu ; il sortit la boule écailleuse de l'eau, la plaça au milieu de la cuisine et, torse nu, à genoux, lui livra un combat à la seule force de ses poings.

Comme il n'avait aucune prise sur laquelle s'appuyer et que le temps pressait, plusieurs cuisiniers interrompirent leur travail pour lui donner un coup de main.

« Allez, allez ! criait le chef de cuisine. Qu'est-ce que vous attendez ? Encore plus de monde ! »

Cinq gaillards robustes se lancèrent à l'assaut de la boule d'écailles. Logiquement, aucune bête de cette taille n'aurait dû résister une minute de plus, à moins d'être dotée d'une force surnaturelle.

Et c'est de cela qu'il s'agissait. La boule ne s'ouvrit pas. Ni même ne s'entrouvrit. La nouvelle de cet incroyable incident parvint jusqu'à la salle où attendaient les convives, et deux gardes du corps furent alors envoyés en renfort.

Pour être costauds, ils l'étaient, deux fois plus que le barbu, qui avait fini par perdre son cure-dents. Mais même eux ne purent faire céder l'animal.

Vers dix heures, ils décidèrent d'allumer le four délabré qui servait à rôtir les canards laqués. Le bûcher fut le dernier supplice qu'ils infligèrent au pangolin, car, malheureusement, ses écailles, pour aussi solides qu'elles fussent, étaient inflammables.

« J'entendais ses écailles craquer dans le four ; c'était comme entendre éclater l'armure de Jeanne d'Arc », se souvint plus tard le fils cadet.

Soudain, la boule fumante surgit en dehors du four et roula par terre, laissant derrière elle une traînée rutilante. Une étagère taillée dans un bloc de bois de palissandre servit de billot au cuisinier. La carapace résonna sous des coups de couteau comme sous les dents d'un requin. C'était le chef cuisinier lui-même (c'était déjà lui qui avait eu l'inspiration du plan du feu), il voulait forcer une ouverture. Enfin, le signe de la victoire : de la bave s'en échappa, en coulant. La boule s'entrouvrit. Apparut un museau écailleux, puis la tête entière, et les pattes, couvertes de fines écailles.

Dans un éclair, le croc en fer s'abattit sur le crâne de la bête. Un coup haineux, si plein de colère que la pointe de l'instrument se logea dans le bois avec un bruit terrible. Enfin, un coup de couteau fatal perça le pangolin. Du sang gicla.

Quand la bête fut entièrement déroulée, il s'avéra non seulement que c'était une femelle, mais aussi une future mère, le ventre extrêmement gonflé.

Sa bouche grande ouverte montrait une absence totale de dents ; ce n'était qu'un trou noir, profond. Au-dessus de la mâchoire fracassée, des yeux minuscules refusaient de se fermer, tandis que ses pupilles se dilataient de terreur.

« Toi, dit le chef en désignant le fils cadet du doigt, tu me débarrasses de ce qu'elle a dans le ventre. »

Avant de quitter la cuisine, il s'adressa à tous :

« Personne n'en parle, sinon le client refusera de payer sous prétexte que manger une femelle pangolin enceinte, ça porte malheur. »

La main du fils cadet faillit laisser échapper le canif à manche en bronze. De la pointe de la lame, il lui incisa le flanc, sous les côtes, mais son incision était hésitante ; elle le fut encore plus lorsque, par inadvertance, il lui ouvrit l'estomac, rempli de fourmis et de termites.

« À la deuxième entaille, dans le flanc gauche, raconta-t-il au jardinier, je suis tombé sur une veine très gonflée. Dessous, il y avait une poche rouge carmin. Je l'ai retirée, je l'ai posée sur une assiette, je l'ai incisée, et j'y ai trouvé un fœtus de pangolin si petit que tu ne peux même pas imaginer. Il était entouré d'une fine membrane. Je ne voulais pas qu'il reste ainsi, je voulais qu'il vienne au monde, qu'importe s'il était vivant ou mort. Alors, je l'ai débarrassé de sa membrane, centimètre par centimètre. Sur son crâne, encore mal défini, on distinguait à peine la bouche, le nez et les yeux. J'étais ému. Il était tellement beau, tu ne peux pas savoir. Du bout des doigts, j'ai effleuré ses minuscules écailles nacrées, molles et glissantes.

« Après mon travail, je suis allé au bord du fleuve de la Soie. J'imaginais que le bébé pangolin aurait envie de nager, là, tout en bas... Je suis entré dans l'eau et j'ai laissé partir, au gré du courant, la petite boîte en métal qui lui servait de cercueil.

« J'ai regretté de n'avoir pas pu l'enterrer avec sa mère, cette Vierge de son espèce, cette boule écailleuse qui refusa de s'ouvrir et m'obsède autant que me hante la main de ma mère lavant son fils enchaîné au fond d'une baraque.

« Voilà pourquoi mon dessin a connu ce dépouillement radical. »

III

Bondé d'ouvriers, de soldats, d'enseignants ou d'étudiants impatients de retrouver leur famille, le train quitta lentement la gare de C., longea des murs de brique, accéléra l'allure, s'enfonça dans des tunnels, traversa des collines. Quand les rails présentaient une courbe, les voyageurs, serrés sur les bancs, levaient un regard inquiet vers les porte-bagages tellement chargés de cadeaux de Nouvel An que la moindre inclinaison des wagons, le moindre changement de vitesse risquaient de provoquer une avalanche de paquets sur leurs têtes.

Avec une fierté naïve, le fils cadet prenait plaisir à constater que, dans cette montagne de cadeaux, le sien – un grand téléviseur dernier cri – était probablement le plus coûteux de tous, sans parler de son coût psychologique, symbolique, voire historique.

Un historien plus rigoureux hésiterait à le définir comme le premier téléviseur en état de marche, chez lui, sur l'île de la Noblesse, dans une maison bondée de téléviseurs hors d'usage : il y a longtemps, sa mère en avait trouvé un autre, parmi ceux qu'on lui avait livrés. Par hasard, elle l'avait branché à une prise électrique – le petit garçon qu'il était à l'époque se demandait toujours où était l'électricité. Dans le fil ? Dans le commutateur ? Elle se cachait et, soudain, elle était là, venue d'on ne sait où –, et l'écran s'était allumé, des images en couleur avaient déferlé, telle une apparition, mais une apparition muette, car aucun son ne sortait de la boîte. Le fils cadet avait cru rêver en voyant sur l'écran des gens qu'il ne connaissait pas, réunis dans une salle bien décorée. Un vieil homme – avec un air sournois de mafieux – avait parlé et, comme dans un spectacle répété à l'avance, les autres avaient sauté de joie, chanté, dansé et s'étaient embrassés, cependant qu'un feu d'artifice illuminait la nuit de Pékin. Il en avait déduit que c'était un vieux mafieux repenti qui demandait à être membre du Parti communiste...

Comme un bonheur n'arrive jamais seul, quelques semaines plus tard, grâce à une erreur de manipulation, il avait découvert qu'un autre téléviseur avait encore le son. L'échoppe tout entière avait vacillé sous les rafales de coups de fusil, les cris de soldats. Le fils aîné, qui, à l'époque, était encore très sage, avait eu l'idée divine d'allumer le téléviseur muet et de trouver l'image qui allait avec le son.

Le jardinier avait caressé le dessein de l'accompagner afin d'écrire un long poème ou de réaliser des photos « spectaculaires » sur l'île de la Noblesse.

« Je te garantis, lui avait dit son ami, qu'on croirait se trouver dans un décor de science-fiction, avec ces déchets électroniques à perte de vue. »

Mais, la veille du départ, une douleur aiguë, diagnostiquée comme une hernie discale, cloua le poète au lit, et il dut renoncer au voyage. Avec regret, il confia au fils cadet son vieux Leiss et une dizaine de pellicules noir et blanc pour faire « quelques clichés de grande classe » à sa place.

Vers midi, le fils cadet arriva en gare de L., d'où il prit un bateau, au pont des Cinq-Béatitudes. Deux heures plus tard, alors que l'île de la Noblesse était encore invisible à l'horizon, les odeurs familières de plastique brûlé des déchets électroniques qu'il sentait déjà ne l'écœurèrent pas, pour la première fois de sa vie, mais lui parurent au contraire pleines de douceur, de consolation, de tendres salutations. Dix-huit mois d'absence, trop longs pour lui, avaient modifié bien des choses, dont les odeurs.

Il avait envoyé plusieurs lettres à sa mère ; il aurait préféré parler directement avec elle, mais l'absence de téléphone l'avait privé de ce plaisir.

Il frappa à la porte de l'échoppe, doucement, puis avec insistance.

Apparemment, sa mère était sortie, à moins qu'elle ne fût dans la maison, de l'autre côté de la cour.

Laissant le carton du téléviseur devant la porte, il fit le tour de l'atelier et longea le mur jusqu'à la brèche que les cochons y avaient faite.

Son « chez-moi », c'était ici. Ce qu'il entrevoyait par cette brèche : la poulie du vieux puits, les branches nues et noires de l'orme solitaire, tous ces éléments soudain attentifs au fils revenu, de plus en plus ému.

Il fut toutefois étonné de découvrir, entre le puits et l'arbre, une construction étrange, un sombre fortin en forme de tortue, de couleur gris-vert.

Il comprit dès le premier coup d'œil qu'il s'agissait d'une maçonnerie improvisée, d'un amalgame de pierres, briques, téléviseurs, ordinateurs…, cimentés par la vase, enserrés par des plantes – des espèces qui, notoirement, se contentent de peu pour prospérer –, qui avaient pris racine dans les fissures et interstices et achevé de consolider ce blockhaus.

Ni porte ni fenêtre, le fortin était aveugle, à l'exception d'une meurtrière percée entre les pierres, en face de l'orme, à une quarantaine de centimètres du sol. Cette petite ouverture, si basse, lui imposa de s'accroupir. Des odeurs de moisi, d'humidité, d'urine, d'excréments montèrent vers lui.

Le tintement d'une chaîne en fer le fit tressaillir.

Il est inutile de préciser ce que ce bruit lui évoqua : une lointaine nuit au cours de laquelle il avait assisté à la fabrication de cette chaîne en fer, les échos du marteau, les serrures qui avaient refusé de céder...

Il ne recula pas. Au contraire, il se baissa encore plus vers le petit trou rectangulaire.

« C'est moi, ton petit frère », dit-il.

À genoux, le visage collé à la meurtrière, il tentait de discerner quelque chose quand, soudain, une main jaillit, qu'il faillit recevoir dans le nez. Par réflexe, il recula, prit l'appareil photo du jardinier et déclencha l'obturateur.

Alors, tout alla très vite. Voulant prendre une deuxième photo avec un objectif de longue focale, il fit une mise au point sur la main. Ses contours se précisèrent dans le viseur : la main était sale, sa peau craquelée, ses doigts déformés, crispés, ses ongles incrustés de crasse ; elle s'agita un instant dans le vide, hors de la meurtrière, une main de naufragé qui tâtonnait désespérément dans l'espoir de toucher quelque chose.

Soudain, un frisson glacial le parcourut et il se figea. Avec effroi, il s'aperçut que la main n'était pas celle de son frère aîné, même si elle était un peu masculine.

N'osant plus la regarder, fût-ce à travers le viseur de l'appareil, il ferma les yeux.

Le cliché connut un grand succès à l'exposition nationale de Pékin, avant de parcourir

New York, Londres, Paris et Berlin. La photo fut considérée comme l'une des meilleures de la décennie. Non seulement l'image très contrastée, en noir et blanc, était si bouleversante que les critiques y voyaient, tout droit sortie d'une tombe, la main d'une victime enterrée vivante, mais son titre suscitait l'interrogation : « Le cuirassé qui passe à travers les montagnes ».

Ce titre semblait d'autant plus intrigant que l'organisateur officiel de l'exposition avait censuré un texte de l'auteur qui devait accompagner la photo : « Une mère, pour délivrer son fils de la démence, alla consulter un devin aveugle. Selon ce dernier, il était évident que son fils avait besoin d'une femme. La pauvreté contraignit la mère à jouer le rôle d'une prostituée qu'elle était incapable de payer. Elle fit l'amour avec lui. Il guérit, mais la mère sombra à son tour dans la folie et fut enchaînée dans l'abri où elle tenait jadis son fils. Depuis, elle s'est enfermée dans un total mutisme. »

10075

Composition
NORD COMPO

Achevé d'imprimer en Espagne
par BLACKPRINT
le 6 janvier 2013.

Dépôt légal janvier 2013.
EAN 9782290041253
OTP L21EPLN001177N001

ÉDITIONS J'AI LU
87, quai Panhard-et-Levassor, 75013 Paris

Diffusion France et étranger : Flammarion